折鶴

泡坂妻夫

新内節を語れる友禅差しの模様師・脇田は、旅先で三味線弾きの芸者・彩子と出会う。脇田は彼女に惹かれるが、彩子と、酒と女で身を持ちくずした彼女の師匠の名新内語りが、以前ある殺人事件に巻き込まれたことを知る、「忍火山恋唄」。縫箔の職人・田毎は、自分の名前を騙る人物が温泉宿に宿泊し、デパートの館内放送で呼び出されるという奇妙な出来事に見舞われていた。そんな折、パーティで元恋人の鶴子と再会した時の出来事を思い出し……。ふたりの再会が悲劇に繋がる「折鶴」など全4編。ミステリの技巧を凝らした第16回泉鏡花文学賞受賞作。

折　鶴

泡坂妻夫

創元推理文庫

A FOLDED CRANE

by

Tsumao Awasaka

1988

目次

折鶴

忍火《しのび》山《やま》恋唄

店の奥に古い紙の匂いが溜まっている。帳場の横がわずかに仄暗《ほのぐら》い。

脇田《わきた》はしばらく店の中にいるうち、何か奇妙な懐かしさを感じていた。といって、これまで伊勢崎《いせさき》に来たことはなかったし、八城《やしろ》に案内されなかったらこんな町外れに古書店があるなどと思いもしなかっただろう。

充棟堂《じゅうとうどう》の主人は奥から数冊の和書を抱えて来て、八城の前に置いた。

「お尋ねのはこれだと思います」

八城はハンカチで手の汗を拭き、眼鏡《めがね》を掛け直した。

どれもぼろ雑巾《ぞうきん》と間違えられそうな本だった。表紙はよれよれで、題簽《だいせん》の文字は剝げかかり、小口は真っ黒だった。八城は丁寧《ていねい》に古書のページを繰った。全てが染《そめ》模様の雛形《ひながた》だ。

「急に暑くなりました」

充棟堂はそう言って扇風機の首を調整した。

「さっき、三十度を越しましたよ。まだ、六月半ばでしょう。ニュースですとフェーン現象が起こっているそうです」

「前橋《まえばし》は盆地でしたね」

「……前橋？」

充棟堂は変な顔をした。脇田はつい思い出し笑いした。

「いや、今迄《まで》、前橋をうろうろしていたもんで」

「……前橋に、ご用があったんですか」

「前橋で降りて、ここを探し廻っていたんです」

「ここなら、伊勢崎ですがね」

「ですから、二人で降りる駅を間違えていたわけです」

「伊勢崎と、前橋と……ですか」

充棟堂はいくら間違えたくても間違えることなどできない、というように首を振り、改めて八城の方を見た。八城は今の話が耳に入ったらしい。本を見たまま唇を曲げたが、すぐ元の表情に戻った。

「そりゃ、どうも……残念なことで」

充棟堂は義理固く悔みを言った。

「でも、酒が入っていなくて、幸いでした」

「酒が入ると、どうなります」

「お互い、強情になるんです。まだ、前橋にいたでしょう」

充棟堂は三十代。色が白く鉤鼻《かぎばな》で、帳場にいなければ古書などいじっているとは思えない。精力的な実業家といった型の男だった。

八城は充棟堂が持って来た数冊のうち、すぐ二冊を自分の膝元《ひざもと》に引き寄せた。その二冊は買うことに決めたようだが、別の本にもなお未練が残るようだった。

本には一冊ずつ白い帯が掛けられて、題名と値段が書き込まれている。八城が買うことにしたらしい『図式雛形模様大全』と『当世友禅《ゆうぜん》ひなかた』の二冊だけで一月《ひとつき》分の小遣いは軽く消えてしまいそうな値段だった。八城が残った本を前にして、なお悩んでいる気持がよく判る。

脇田は手持ち無沙汰になって、店内を見て廻った。

洋綴《ようと》じの本は隅の方に申し訳程度に並んでいるだけで、ほとんどは和書だった。普通の古本屋なら、中央の島台にあたる場所がガラスケースで、その中には絵巻物、錦絵、古地図、短冊、絵葉書、引札などが雑然と並んでいる。店の隅にはどういうわけか古い薬研《やげん》が一台転がっていた。

ケースの中には子供のころに見覚えのある、相撲《すもう》の面子《めんこ》や富山の薬売が置いていった薬袋などがあり、珍しいとは思ったが今更それを買う気にもなれない。

狭い店だし、他の古書にはあまり興味がない。ざっと見て帳場に戻ろうとしたとき、本棚の平台に『青海波《せいがいは》』という文字が目に入った。よく見ると、三、四十冊の薄い和書がビニールの紐で括られている。『青海波』はその一番上に重ねられていた。

「浄瑠璃《じょうるり》の床本《ゆかほん》みたいだね」

と、脇田は充棟堂に訊いた。

「ええ。それは、全部床本です」

「新内《しんない》のはあるかしら」

脇田は都外太夫《つげたゆう》が古い床本を蒐《あつ》めているのを思い出した。

「新内はどうですか。自由にご覧になって下さい」

脇田は束をガラスケースの上に移し、紐を解いた。

ほとんどが清元《きよもと》の床本だったが、二冊だけ新内が混っていた。『里空夢夜桜《さとのそらゆめのよざくら》』もう一冊が『道中膝栗毛《どうちゅうひざくりげ》』。表紙の汚い割に中の状態は悪くない。

一ページに五行、黒黒と書かれた変体仮名は、文字というより曲線が連なるデザインのようだ。諳《そら》んじている新内の文句を手掛かりに目を通したが、簡単には読み下せない。

充棟堂に訊くと、都外太夫の土産《みやげ》として手頃な値段だった。脇田は二冊の床本を買うことにした。

「新内、お語りになるんですか」

と、充棟堂が訊いた。

「なに、語れば騒音公害だと言われる程度です」

八城が自分の膝元に引き寄せた本は三冊になった。それでも、八城はあとの何冊かを打ち返し打ち返し眺めている。充棟堂は床本を包装して脇田に手渡した。

「新内というと、昔、新内流しの幽霊に出会ったことがありましたよ」

「……幽霊の？」

「ええ。僕がまだ大学生でした。親父と一緒に、東北へ旅行したときのことです。ある旧家で蔵を整理したいと言って来たので、親父は仕事を覚えさせるために、僕を連れてその家に出掛けたんです。ちょうど、春休みだったけれども、北の方はまだ雪が残っていました」

充棟堂は話している間でも手を休ませない。帳面の横に積んである本を重ね直したり、机の上にある注文伝票を指で弾き返したりしている。

「その家には保存の良い本や文書が山ほどありましてね。親父の大仕事になったんですが、その帰り、田舎《いなか》の温泉宿に泊ることになりました。遊山《ゆさん》じゃありませんから、温泉の中でも一番小さな家で、襖《ふすま》一つ向こうが隣部屋というような旅人宿《たびびとやど》がまだ残っていたんですね。夜になってからその宿に着きまして、山菜に干物という食事。親父は飲《や》る口でしたから三本ほど徳利《とっくり》を並べて、すぐ寝てしまう。僕の方はそう早くは寝られません。床の中で本かなんか読んでいると、流しが聞こえて来ました」

充棟堂はボウルペンを持ち、それで拍子を取るように指先で動かした。

「映画やテレビ劇では流しは見ているんですが、生の三味線《しゃみせん》は聞いたことがありませんから、二丁がゆったりと絡みあう旋律を聞きながら、ああ、いい音色だなと思っているうち、どこかの客が注文したようで、流しは前弾きに変って、新内屋は一齣《ひとくさり》を語り始めました。今迄、聞いたことがないので、何という曲か判らない。その上、新内は長く節を伸ばすでしょう」

脇田はうなずいた。新内は間拍子を無視することがある。そうした曲では踊ることがむずかしいから、発生期から歌舞伎《かぶき》とはあまり縁がなかった。

「流しは二人連れのようで、語っているのは男でした。今、思い返すと、声量のある方じゃないんですが、節が精妙で何とも言えない調子が心の中に突き刺さってくるよう。三味線の間に掛け声を入れるのが女の声で、張りのある瑞瑞《みずみず》しい声です。曲は総体にひどく遊蕩《ゆうとう》的なんですが、魂の悲鳴みたいなものも感じられる。思わず聞き惚れまして、僕がいた部屋は二階、新内屋はちょうどその窓の下あたりで演奏しているんですが、金縛りにあったような感じになって、窓を開けてみようとする気も起こりません。もし、二人の姿を見ていたら、後の怖さも少なかったかも知れなかったんですがね」

「……その二人が、幽霊だったのですか」

「翌朝、それが判ったんですよ。しばらくすると曲が終って、新内屋は元の流しを弾きながら、ゆっくりと宿の前を去って行く様子。三味線の音が宿の玄関を背にして、真っすぐ向こうの方へ消えて行きました。僕はその流しが聞こえなくなるとすぐ寝入ったようなんですが、朝になって、部屋の窓を開けて見て、びっくりしてしまいました」

充棟堂はボウルペンを机の上にきちんと置いて言葉を継いだ。

「宿に着いたときは夜だったので、あたりの様子が判りませんでしたが、朝になって見ると玄関の前は横に一本の道があるだけで、その向こうは深い崖になっていたんです」

「……崖に？」

「ええ。鋭く切り立った谷間で登山道具などなければ、とても降りられるような場所じゃありません。僕がその光景を見て、ぞっとしたというのは、昨夜の新内流しを思い出したからで、その二人は空中に浮いてその谷間を向こうに渡って行った、としか考えられないからです。このことを親父に話すと、そんなばかなと言うだけで相手にしてくれない。しかし、夢を見ていたのだとすると、耳に残っている哀切な曲が生生しすぎる。宿の女中さんに訊くと、さあ、ここの温泉に流しの芸人が来たことは一度もないと言う。……これだけの話なんですがね」

「それで、幽霊の？」

「そう。あれは生きている者の仕業ではない。僕は昔から人魂などもよく見る方でしてね。お袋が死んだときには、東京に勤めていた僕の夢枕に立ってくれたものですよ」

言いながら、充棟堂はまだ本をひねくり廻している八城の方を見た。衝動買いの脇田とは違い、蒐集家《しゅうしゅうか》の心理をちゃんと見抜いているようだった。充棟堂は無駄話をしながらそのきっかけを待っていたようだ。

「もし、何でしたら、月賦《げっぷ》ということでもよろしいのですよ」

八城はほっとしたように全ての書物を揃えた。

「そうしてもらえると助かります。じゃ、この六冊、全部頂きましょう」

「じゃ、今、伝票を書きます。ええと……八城様でしたね」

充棟堂は電話の横にあるメモを見て、八城の名を確かめ、部厚な帳簿を繰った。

「東京の、友禅差しの模様師さん」

「ええ」

「結構ですね。綺麗なお仕事だ」

「結構なものですか。職人は儲《もう》けというものが一つもない」

「が、お固い。固いお客様が何よりです」

充棟堂は横書きの伝票をほとんど縦に置き、右腕をねじ曲げて下から上へといった感じで文字を書いていった。それを覗《のぞ》きながら、八城は幸せと不安が入り混った顔をした。

普通の人間なら、一度仕事から離れれば、なるべく仕事のことは忘れるように努めるだろう。だが、八城は少し変っている。仕事が終ると、古い時代の模様を探究する。どの時代、どんな模様が流行したか。それが、どんな形で現在にまで継承されて来たかがはっきりしないと、自分で模様を描いていても落着かないのだと言う。

だから、模様についての知識は深い。いつか、日本独自のものと思っていた、巴《ともえ》や亀甲《きっこう》といった原形が古代ユーラシア地方でさまざまに展開されていると聞かされ、驚いたことがある。しかし、同業者のほとんどはそれ以上の関心を示さない。先祖がややこしい模様を作り出したため、俺達もややこしい仕事をしなければならなくなった、というのが一般職人の感想だ。

脇田は親同士が友達だったので、八城とは小さいときから付き合っている。性格はかなり違うのだが、結構うまが合う。今度も付き合ってくれと言うので、柄にもない古書店の客となったのだ。

外は一段と蒸し暑くなっている。気のせいか、八城の足取りが軽い。

「古本て、高いね」

と、脇田が言った。

「そう。高いと言えば高い。古い紙だからね。しかし、安いと言えば、安い」

「あれで、安いのかね」

「考えてもごらんよ。今、買った一冊が安政《あんせい》年間のもの。ざっと、百三十年も前だよ。その間、何度地震や火事があったか判らない。その間の保管料と思えば安い。そんな時代のものが、残っているだけでも奇跡に近い」

「奇跡も買うわけか」

「まあね。だから、嬶《かか》あには喋《しゃべ》るなよ」

「そうだろうな。奇跡なんか買ったら、怒るだろうな」

「最近、めきめき強くなってね」

「しかし、強いくらいの方がいいよ」

「……そう言えば、お前の神さんの工合はどうだね」

「相変らずだ。ずっとぶらぶらしてる」

「……そうかい。お前のとこも、大変だな」

お客さん、お客さんという声が追って来た。脇田は自分のことではないと思い、歩みを止めずにいると、声は最後に「弥次喜多《やじきた》のお客さん」と呼んだ。

振り返ると充棟堂だった。

「忘れ物かな」

と、八城が言った。脇田は小さな旅行鞄《かばん》が一つだけ。忘れるような物はない。

「弥次喜多の——いや、急いだのでお名前を度忘れしまして」

充棟堂は額の汗を拭いた。

「どこかへ寄り道をなさいますか」

「いや、これから金沢《かなざわ》方面へ行きます」

「じゃ、伊勢崎駅でしょう」

「ええ」

「よかった——」

充棟堂は頭を振った。

「だったら、道が違います。反対ですよ。今の角を右に曲らないと駅には出ません」

脇田は八城の顔を見た。

「やあ、違いましたか」

それなら、弥次喜多と呼ばれても怒ることはできない。

「信越本線《しんえつ》は高崎《たかさき》で乗り換えるんですよ。いいですか高崎ですよ。前橋じゃありませんよ」

充棟堂はしつっこく念を押した。


それだけ言われれば、もう迷うことはできない。にもかかわらず、高崎で列車に乗り遅れそうになったのは、八城が弁当を買うのにもたついたからだ。ものを買うのに慎重は結構だが、すぐ時間の感覚がなくなるので困る。脇田は缶ビールを買うのに、駅の構内を駈け廻らなければならなかった。

「どうも、お互いに旅慣れねえ」

と、八城が言った。

脇田の方は缶ビールを開けるとき、うっかり振りそうになった。薬品の瓶を振る癖が出たのだ。

「言われている傍《はた》からこれだ」

脇田は慎重にビールの蓋《ふた》を引き開けた。

「弥次喜多なら、どっちが弥次でどっちが喜多だろう?」

「多分、語呂合わせなら八城が弥次で脇田が喜多だ」

脇田は苦笑して言った。

「内の連中、今頃、どこだろうな」

「新幹線だから、やっと東京駅を発つころだ」

「まだ、東京か。金沢へ行くにも便利になったね。昔は東京からだと信越本線がメインルートだった」

「金沢へは行ったことがあるのかい」

「うん。忍火山《しのびやま》温泉は初めてだけれど、金沢市内に親父の弟子がいる」

「そうだった。顔を覚えているよ。名前は——」

「赤石《あかいし》というんだ」

「そうそう。純朴な子だった」

「あれがもう、三十を越えている」

「……早いねえ。何年ぐらい東京にいたんだ？」

「三年ばかりかな」

「金沢というと、加賀《かが》友禅？」

「そう。赤石の家は代代加賀友禅なんだが、赤石の親父さんが修業のために親父のところへ寄越したんだ」

脇田は、その閑《ひま》があったら赤石に会いたいと思った。

「しかし、今日は廻り道をさせたね」

「いや、どうせ閑だったたし、面白かった」

昼にはだいぶ前だったが、弁当を拡げる。朝が早かったのだ。

脇田と八城がいる染色組合の支部では、毎年一回、親睦の旅行がある。いつも、比較的仕事が閑な六月が選ばれるが、その代わり雨に祟《たた》られることが多い。ここ二年、続けて雨の旅行になってしまった。三度目はもう懲《こ》り懲《ご》りだというので、この年の旅行幹事になった先崎《せんざき》が、少し遠くなるが北陸《ほくりく》なら割に雨が少ないとどこからか聞いて来て、忍火山温泉を選び出した。日程を態《わざ》と加賀百万石祭の後にした。人の混む祭を外してゆっくりと温泉に漬りたいという年の会員が多くなったからだ。毎年、どこかの祭の真中に飛び込んで行った十年前には、考えられなかったことだ。若い会員の入会が減って、組合全体が高齢になっている。

八城はまだ若かったから、何日か前に電話を掛けて来て、忍火山温泉へ行く途中、前橋の古書店へ寄りたいので、付き合ってくれないか、と言った。八城はそのときから、充棟堂を前橋にあると思い込んでいた。

充棟堂は年に二度ほど古書目録を作って、八城のところにも送って来る。八城はその目録に目を通して必要な本を注文するのだが、今度の目録にはどうしても自分の目で確かめたい何冊かがあった。

今日、手に入れた一冊は彩色《さいしき》された手描き模様の雛形で、昔の職人が描いたものらしいと言う。

「へへえ、昔はまめな職人がいたんだねえ」

脇田は感心した。自分などは筆を置けば一枚の葉書を書くにも億劫《おっくう》になる。

「新内の本、蒐めているの？」

と、八城が訊いた。脇田が充棟堂で買った本を見ていたようだ。

「いや、蒐めているのは俺の師匠でね。ここしばらく行っていないから手土産にしようと思ったんだ」

「新内、続けているんじゃないのかい」

「だめ。最近、ほとんどやらなくなってしまった」

「一時は相当凝っていたんだろ」

「そうだねえ。夏場になると、毎晩のように師匠のとこへ通っていたねえ」

「絵の方は？」

「それも、さっぱり」

「絵は本気だったんじゃないか。方方《ほうぼう》の展覧会に応募していたし」

「……うん」

「あれだけの仕事をするんだから、絵の下手《へた》なわけがない」

「だめなんだな。大体、長続きがしない。悪い癖だと判っているんだが仕方がない。八城みたいに根気がねえんだ」

「いや、この仕事をしていて、根気がないとは言えないだろう」

「じゃ、飽きっぽいのか。いや、体力の問題かな」

「しかし、新内は別として、絵の方は勿体《もったい》ないじゃないか」

「新内は別とはひどい言い方だ」

脇田は態と冗談めかして言い、重い話題を避けようとして八城に訊いた。

「八城の古本蒐めは古いね。いつから蒐めだしたんだ」

「小僧のときだった」

「そんなに昔だったのかい」

「そう。親方のところに住み込んでいたころ、近くの古本屋で『日本古代模様《にほんこだいもよう》』という五冊の揃いを見付けたんだ。それが、どうしても欲しくなって、食いたいものも食わずに金を溜めた。親方に内証だったから、とても大変だった」

「昔の職人だからな。本を読むのを嫌がるんだ」

「そう。本など読むと腕が下《お》ちるってね。当時は何て野暮《やぼ》など思ったけれど、今考えるとそれが正論だったかも知れない」

「そうなんだ。他のことはともかく、あの時代の連中の腕だけは確かだった」

「しかし、生活は目茶苦茶だったろ」

「それで済んだんだから、良い時代だったな」

「そうなんだ。親父の時代には、まだ、腕がものを言えた」

現在は金と時間がものを言う。工料が安く、納期が早ければ、仕事はどんどんその方に流れて行ってしまう。腕がものを言える時代だったら、脇田はためらうことなく絵の道を進んでいたはずだった。

昼過ぎると学生の乗り降りが多くなった。土曜日なので、半日で学校を終えて帰宅する中学、高校生達だった。学生達は皆元気で、屈託《くったく》なくよく笑い合う。

「若い人はいいいね」

八城は目を細めて、訛《なま》りのある会話に耳を傾けていたが、脇田の胸の中は多少違う。どの学生の前途も洋洋として見える。それが眩《まぶ》しくてたまらない。

直江津《なおえつ》から列車は北陸本線になる。

日本海は水が澄み切り、しかも豊かな変化を見せる。海岸をたどる景色は初夏の光に満ち溢《あふ》れている。風が爽やかで伊勢崎の蒸し暑さが嘘みたいだった。

「東京ではいつ降り出してもおかしくなかったのにね」

と、八城が言った。

「誘われてよかったよ。新幹線で米原廻りじゃ、景色も大分違うしね」

「この天気じゃ、まず、先崎さんも一安心と思っているだろう」

「昨年、鬼怒川《きぬがわ》ではひどい目に遭ったからね」

「天気には恵まれたけれど、今度の旅行は荒模様になりそうだよ」

「……どうして」

「知らないかい、成川《なりかわ》さんの一件」

「……まだ聞いていない」

「そうかい。何でも、先崎さんを生かしちゃ置かねえと言ったそうだ」

「……きっと、酔っていたんだな」

「成川さんのことだから、酔っていたに違いないんだが」

「原因は何だい」

「先崎さんが競って歩いて、成川さんが出入りしている岡本屋《おかもとや》の仕事を横取りしたのだという」

「……本当かい」

「確かな人が言うから間違いはなさそうだがね」

「先崎さんはいくつになったんだろう」

「とっくに七十を越えたよ」

「そんな年でまだ仕事が欲しいかねえ」

「欲は別だってよ」

不況になると、よく起こるごたごただった。だが、身近な仲間内の噂が、何か実感が湧かなかった。

多分、仕事場所を遠く離れているためで、距離ばかりでなく、列車は時の流れをさかのぼっているような気がしてならない。

金沢に着くと、その錯覚めいた気持が著しくなった。前に来たときの印象が強過ぎ、感覚が条件反射を起こしたとしか考えられない。坂道や石段の多い裏町、市内を流れる掘割、武家屋敷の土塀や武者窓。小さな商店やそこで生活する人達まで懐かしく見えたのは、明らかに「人の腕がものを言える」領域だったからだ。

列車に乗り飽きた八城は町中を歩きたいと言ったが、忍火山温泉までいつでもバスが出ているわけではなかった。バスは一時間に一本。八城が途中で古本屋など見付けたら、今日中に温泉に着ける見込みはまずない。

忍火山温泉までバスで四十分余り。

八城たちは忍火山温泉入口というアナウンスを聞いて急いでバスを降りた。

見廻すと道の両側は雑木林で、宿屋らしい建物は一つもない。

「今度は大丈夫かね」

と、脇田が訊いた。

「どうも、まただめみたいだ」

八城は地図を拡げた。

「いけねえ。もう一つ先《さ》きだ。温泉入口じゃなくて、湖北《こほく》というバス停で降りなきゃいけなかった」

「どうする。当分バスは来ない」

「歩くしかないな」

「道は判るか」

八城は眼鏡に地図を寄せた。

「湖があるはずだが」

湖ならバスの窓から見えていた。脇田は小路を下りて湖の近くに立った。

大して広くない湖で、対岸にいくつかの建物が見えた。

「や、遊歩道がある」

と、八城が嬉しそうな声を出した。

一段低くなったところに、真新しい砕石《さいせき》を敷いた道があった。

「宿まで遠くはない。三十分ほどだろう。ちょうどいい散歩だ」

と、八城が先に歩き出した。

陽は湖に傾いている。静寂な緑の中に小鳥の声が飛び交う。

十五分ほどは、確かに快適な散策だった。

新しい遊歩道には湖一周のコースを描いた掲示板も作られている。しばらく歩くと、展望台らしい開けた場所もある。コンクリートの台は近く像か石碑が立てられるに違いない。

その場所を過ぎたころ、八城が変な顔をして振り返った。

「喜多さん、大変だ。道がなくなっている」

工事がまだ、途中だったのである。


湖北亭に着くと、ちょうど湯から上がったばかりの宇佐見《うさみ》がロビーにいて、部屋割を教えてくれた。二階の一番奥の部屋で、脇田、八城、成川、宇佐見の四人だと言う。

「湖の眺めがいいよ。角部屋で非常階段が近くだし、すぐ逃げ出せる」

と、宇佐見が笑った。何だか、意味あり気だった。八城が宇佐見に訊いた。

「成川は?」

「部屋でビールを飲っている」

「早いな」

「そう早くはないよ。宴会は六時からだ。すぐ、湯に行くといい」

木造の階段を登りながら、八城は脇田に言った。

「遅かったので、貧乏籤《くじ》を引かされたみたいだな」

「成川のお守りってわけか」

「まあ、そうだ」

「俺は嫌だよ」

「俺だって好かねえ。構わねえから放っておいて、宇佐見に任せりゃいい」

どうやら、成川が悶着《もんちゃく》を起こしそうなのを予想して、誰かが先崎に告げたのだろう。宇佐美は先崎の親戚筋に当たる。脇田と八城は成川と比較的気の合う方だ。先崎はその三人を成川の傍において、何かあったら仲裁役にさせる気なのだ。

部屋に入ると、浴衣《ゆかた》の胸を開《はだ》けた成川が、冷蔵庫の前に坐《すわ》ってビールを飲んでいた。二人を見ると、渋い顔をして、

「どこへ寄り道をして来た」

と、言った。

八城が伊勢崎で本を買って来たと答えると、

「いい身分だね。余裕があるね」

聞き方では嫌味に感じる言い方をした。元元、飾ったものの言い方が下手な男だった。

成川は細かな仕事をしているとは見えないがっしりした骨太の体格で、言葉に少し千葉の訛りがあるため、粗野な印象を与えることがあるが、根は真っ正直な人間だった。いつもは宴会の酒が待ち切れずに冷蔵庫を開けるような酒好きではない。

脇田は窓の前に立った。夕暮の湖の向こうに紫紺《しこん》色に変った連山が見える。

「なるほど、いい景色だ」

と、脇田が言った。

「いい景色なものか。こんな山奥へ連れて来やがって」

と、後ろで成川が言った。

「どうしたい。少し斜めみたいだ」

「そうさ。あんた達が遅かったから、変な部屋割を押し付けられた」

「そりゃ悪かった。変れと言われれば、いつでも変る」

「そうはいかない。籤で決めたんだから」

「じゃ、文句はないだろう」

「ある。君達が籤を引いていりゃ、多少は変っていたはずだ」

「……じゃ、誰の部屋がよかったんだ」

「先崎さんと、ゆっくり話がしたかった」

「珍しいね。年増好みか」

「……脇田さん、先崎さんのこと、聞いていないのかい」

「いないね」

「八城さんは？」

成川は八城の方を向いた。

脇田はこれを機会に成川の話から抜けることにした。手早く服を脱いで浴衣に着替える。捌《さば》きの下手な八城が話し相手になっている。

「噂には聞いているがね。本当だとすると、先崎さんも汚ねえね」

「本当だよ。岡本屋の番頭からじかに聞いたんだ。先崎さんはちゃんと最近の職方名簿に載っている」

「成川さんのところに、挨拶《あいさつ》もなく？」

「あれば、紳士だよ。きっと、俺が反対すると思って、陰で何かやったんだ。直接、俺のところに来れば話にもなったのに——」

脇田は成川の目の前に手拭をぶらぶらさせて声を掛けたが、八城との話に夢中で碌《ろく》な返事もない。脇田はそのまま浴場に行った。

浴場では先崎と会った。

「やあ、脇田さん、待っていましたよ。あなたがいないと、会が淋しくってね。相変らず色が白いね。締った身体をしているから、まだ三十代にしか見えないね」

腹の突き出た白髪の老人は、うっかりすると脇田の背でも流しかねない調子だった。脇田は返答に困った。

成川もそうだが、脇田の父親も同じ口下手だった。多分、自分では意識しないのだが、脇田も八城も同じ種類の仲間らしい。

いい仕事をするからには、ものの欠点が判らなければならない。歪《ゆが》みを正しく見、瑕《きず》を適確に着目してものを完成させなければならない。そのため、醜いもの粗雑なものには人一倍敏感で、それが一種の習性になっているから、仕事を離れても無意識のうちにものの欠点が目に付いて仕方がない。いいものはそれが当然だと思うから、反《かえ》って気にならない。従って、あまりものを誉《ほ》めたことがない。

普通の人から見れば、頑固で強情、無愛想で愚直、それが昂《こう》じると名人肌の職人はとかく世事を知らない変人のような評価を受ける。先崎のような態度が自然に出る人間はむしろ珍しいのだ。どちらがいいということは決められない。ただ、腕がものを言えなくなった時代には、絶対に先崎の方が有利なことは間違いない。

宴会場に入ると、脇田は意識して宇佐見の席から離れることにした。宴席は三十人分ほどの膳がコの字形に並んでいる。脇田は末席近くの膳の前に坐った。座敷は三十人では広すぎるほどだった。

八城と成川は最後に連れ立って宴席に来た。脇田の前の座に着いていた宇佐見が手を挙げ、二人を自分の横に着かせた。

全員が揃うのを見て、幹事が短い挨拶をした。続けて正面にいる先崎が口を開いた。先崎は穏やかな調子で、ここしばらく低迷を続けている業界は、これからも試練のときが続くと思う、といって、自分達は手を拱《こまね》いているばかりではない。往時の繁栄は望めないにしろ、伝統工芸に携わる人達が、安心して技術を後継者に渡すことのできる業界になるよう、さまざまに働きかけている。それについて問題は山積しているが、今日は一年の骨休め。今宵《こよい》だけは日頃の苦渋を忘れて大いに楽しみ、明日への活力としたい、と言い終えて幹事に合図をした。

幹事は宴席の最長老を指名して乾杯。すぐ、襖が開いて三人の芸者が座敷に上がって来た。

成川が口を挟む余地がない。といって、最初から先崎に抗議をぶっつけるほど酔ってはいないようだった。脇田が遠くから見ていると、成川を中心に、八城と宇佐見が熱心に話し込んでいる。芸者が話し掛けても取り付く島がない。

「今日は、調子が少し違うね」

と、隣にいる広畑《ひろはた》が脇田に徳利をさしかけた。

「宇佐見さんかい」

「そう」

いつもだと、宇佐見は酔わない内から芸者ワルツを踊りたがる男だった。

「変に、神妙だね」

脇田は当たり障りなく言った。

「まあ、いいや。騒騒しくなくって」

だが、広畑は口を尖《とが》らせた。

「宴会でうるさくねえのはつまらねえ」

広畑は宇佐見に負けず酔うとはしゃぎ出す男だった。広畑は成川のあたりでただ酌をしている芸者に手招きした。

坐りよく肥《ふと》って、人のよさそうな顔をした女性だった。薄い空色の一重で、天守閣の裾《すそ》模様が染められている。お座付きで見せた踊りは体操みたいだった。

「綺麗だね」

酌を受けながら広畑が言った。

「そんなことを言うのは、わたしが徳利を持っているからでしょう」

「そう。本当の感想を言うと、徳利でも凶器になるからね」

「ここまで救急車が来るには時間が掛かるよ」

「強そうだね。名は何と言うの」

「名古屋《なごや》」

「名古屋生まれだから？」

「そう」

「それで、着物の柄が名古屋城」

「知らなかったのよ。来たら、模様師さんの組合ですってね。もっといいものを着て来りゃよかったわ」

「でも、それは凄く手間が掛かっているよ」

「あら、有難う」

「落城させたいな」

「何で落城させるの」

「兵糧《ひょうろう》攻めが一番早いかな」

「あほらし」

「搦《から》め手が弱そうだ」

「搦め手も固いよ」

「こっちの槍の方が強そうだ。試すか」

「後でね」

名古屋は徳利を持って離れて行った。

「今夜は年増と相性が良くないな。若い方がいい」

若い芸者は先崎の前にいたが、しばらくすると広畑の前に廻って来た。科《しな》なのか暑がりなのか絶えず小さな扇子《せんす》で胸元に風を入れている。

髪先きを二つの輪にした髷《まげ》で、顔を真っ白に塗っている。広畑が名を訊くと、鯱《しゃち》だと答えた。

「名古屋に鯱か。ばかにしている」

と、広畑が言った。

「ばかになんかしていないわ」

「じゃ、名古屋の頭の上でしゃっちょこ立ちでもして見せるか」

「わたしはね、生まれたときから鯱子なの」

「それを言うなら、幸子《さちこ》じゃないか」

「いいえ。お父さんが江戸っ児なのよ。だから鯱子。ほら、しゃけのお弁当と言うでしょ」

「鯱子にしゃけ弁か」

座がどうやら賑《にぎ》やかになった頃、脇田の後ろからどうぞお一つと声が掛けられた。宴席らしくない落着いた声だった。

振り返ると、三味線を横に置いた芸者が徳利を差し出した。それまで、その芸者の存在に

ほとんど気を止めていなかったのだが、お座付きの唄と三味線が本物だったことを思い出した。脇田が杯を乾すのを見て、相手は、

「喉をお湿しになったところで、一ついかがですか」

と、台詞《せりふ》のような調子で言い、お座なりに三味線を引き寄せた。まるで返杯を怖れている風にも見えた。

「そうだね」

「何になさいますか」

「……古いけど、伽羅《きやら》だな。伽羅の香り」

「本調子でしたわね」

相手はすぐ調子を合わせ始めた。しっかりとした手だった。相手は撥《ばち》を置いて、三の絃《いと》を二度爪ではじいて脇田を見た。脇田は坐り直した。

〽伽羅の香りと　この君さまは　いく夜とめても　わしゃとめ飽かぬ……

唄い終ると、相手はちょっと笑って頭を下げた。

「最近唄わない。下手だったね」

「いえ、とてもお上手ですわ」

「でも、笑ったろう」

「ご免なさい。そんな積りじゃなかったんです」

相手は脇田がびっくりするほどむきになって言った。そして、詫《わ》びでもするように酌をした。

「お次は？」

「じゃ、今度は僕の心意気を聞かせようか」

「ぜひ」

「時期外れだがね、しばらくは、だ」

相手は澱《よど》みなく絃を爪弾いた。

〽しばらくは時よ時節とあきらめさんせ　牡丹《ぼたん》も菰《こも》きて冬ごもり
すると、何を思ったのか、相手は置いてあった撥を手にして、勝手に三味線の調子を変えた。

新内の流しだった。一丁の三味線から、ちゃんと上調子《うわぢょうし》も捌く。一くさり流すと、相手はじっと脇田を見て、ヨーイと声を掛け、三の絃を開放でテテンと弾いた。

考えている閑がなかった。脇田の声が自然に引き出された。

〽逢いそめてより一日も

川の流れに身体が浮き、苦もなく流れているような気持だった。

素っ気ない紺の一重で、帯は薄茶の綾の手紬《てつむぎ》。ぼやけてしまうような印象を、かろうじて赤い帯止めが引き締めている。年齢は三十五、六だろうか。合の手を弾く顔を改めて見ると、その年の割には少年のように澄んだ目元をしている。

脇田の新内など聞いている者は一人もいない。二人だけの世界で、酔いが急に楽しくなったが、場所を考えると長く語ることはできない。脇田は適当なところで文句に詰まったような振りをし、都外太夫が教えてくれた都都逸《どどいつ》で落とした。

三味線の手を休めると、相手は可愛らしい表情になった。

「わたしがさっき笑った意味が判ったでしょう。お客さんが語れるな、と思ったから嬉しくなったの」

「よく、判ったね」

「小唄に新内の節が入っていたわ」

「……こりゃ、参った。ここでは、新内が流行《はや》っているのかい」

「いいえ、ちっとも」

「元元、新内？」

「地は清元《きよもと》なんです。でも、新内が大好きですから」

「……好き、だけではないね」

「好き、だけですわ」

「でも、びっくりしたよ」

「ご免なさい。押し付けるような真似をして」

「いや、いいんだ。楽しかった。もう一曲と言いたいんだが、君を独り占めするようで工合が悪い。ほら、あそこでコップ酒を飲っている男、荒れてきそうだから、守《も》りをしてやってくれないか」

「じゃ、また後《き》で戻って来ます」

だが、それ限りだった。

宇佐見の芸者ワルツから歌謡曲になり、脇田は酔った成川に絡まれ、気が付くと三人の芸者は宴席からいなくなっていた。

脇田は成川のいる部屋に戻る気がしない。碁盤や将棋盤が用意されている部屋に行き、将棋の助言をすることにする。しばらくして脇田も盤に向かい、一、二局指し終ったとき、宇佐見が部屋を覗き、脇田を見付けて戻って来いと言う。

「成川さんがいるんだろ?」

「ああ」

「あれに付き合うのはもう飽きたよ」

「そうじゃない。ご指名だよ」

「誰の?」

「芸者の。ほら、三味線を弾いていた芸者があんたを連れて来いって」

「芸者が入っているのかい」

「そう。先崎さんが呼んだんだ。さっきの三人が揃っている」

先崎は成川にしつこくされるのを逃れるために芸者を呼んだに違いない。

角部屋は賑やかだった。

芸者が荒れた宴席から取り分けて来たのだろう、料理を盛った小皿や徳利が並んでいる。

芸者を囲んでいるのは先崎、成川、広畑だった。

先崎は脇田の顔を見ると、ほっとした顔で座を立った。

「脇田さん、悪いけんど休ませてもらう。年寄りは夜中まで保《も》たなくてね。今迄ね、成川さんから色色なことを言われたんだけれど、どうも何か誤解しているらしいんだ。今、酔っていて何を言っても判るまいから、その内落着いて話し合う、もし、私のことで何か訊かれたらそう言ってやって下さい。それから、ここの玉代《ぎょくだい》、心配しないように。もし、酒が足りなければ芸者に言って取り寄せて下さいよ」

そうして、そそくさと部屋を出て行った。

成川は泥酔状態だった。目が据わって、上体がふらふらだ。

広畑が名古屋を相手にばか笑いしていた。

「さあ、アヤ子、声の出せる男を一匹拾って来たよ」

と、宇佐見が三味線の芸者に言った。

「アヤ子、と言うのかい」

と、脇田が訊いた。

「ええ」

「どういう字だい」

「彩《いろどり》。彩色の彩です。どうぞよろしく」

「名古屋に鯱だろ。だから俺は徳川《とくがわ》かと思った」

と、宇佐見が言い、彩子の前に脇田を坐らせた。

「さあ、脇田さん。何でもいいからやってくれ。三味線がないと淋しくていけねえ」

そして、自分は鯱の横にべったりと坐った。彩子は三味線を引き寄せた。

「さっきからずっと考えていたんですけど。お客さんはもしかしたら……」

「もしかしたら？」

「お客さんのお師匠さんは都外太夫さんじゃないかしら」

「……当たったよ。君はよくびっくりさせる人だね。都外太夫と知り合いかい」

「いいえ」

都外太夫は仲間以外では全く無名だった。六十年近く新内の太夫だが、ラジオに出演したのも数えるほどだ。

「じゃ、どこかで都外太夫を聞いたの？」

「いいえ」

「……おかしいな。東京で暮らしていたことは？」

「いいえ」

「だって、君は——」

彩子は返事の代わりにチリチンツンと三味線を弾いた。これ以上問い掛けても無駄らしかった。

「今度はたっぷり伺えますわ。何を聞かせて下さいます」

「あまり多くは上げていない」

「……じゃ？」

「城木屋《しろきや》と伊太八《いだはち》だけだ」

「どちらにしましょう」

「……矢張り、伊太八かな」

卓袱台《ちゃぶだい》の上に鯱の扇子が放り出してあった。脇田は鯱から扇子を借り、膝の上に持った。

「逢初《あいそ》めてより、からにしよう」

今度は遠慮がない。ふっ切れた声ではないから、声を張り上げても世間迷惑にはならない。

彩子も心得ていて、紘はごく控え目な調子だったが、表情は余念がなくなっていた。しばらくすると、脇田は無性に彩子の声が聞きたくなった。今度は脇田が押し付ける番だった。

脇田は途中を飛ばして伊太八の言葉にした。

「ましてや昨日今日迄も、武家で育った俺がこと、勘当受けて丸二年。

言い切って、そっと扇子を畳の上に置く。

彩子はその動作を見ていて、すっと背筋を伸ばした。

〽わずかな筆の命毛で……

自分の師匠を当てられたので、ある予想はしていたのだが、それは都外太夫の師匠だった、初島五條《はつしまごじょう》の節廻しだった。

今、主流となっている新内のように、煌《きらび》やかに歌い上げるのではない。聞き方によっては陰陰滅滅に感じられる。五條のレコードが何枚か残っている。どれも短く音質の悪いものだが、本質はよく判る。五條は美声で声量が豊かだった。しかも、けばけばしくないので耳に抵抗がなく、直接心に届いてきて、それから怪しく心に強い揺さ振りを掛ける。

彩子の新内はその五條の特長をそのまま持っていた。現在、五條の系統を継いでいるのは都外太夫ぐらいで、だから彩子の口から都外太夫の名が出たとして不思議ではない。だが、しばらくすると、そんな詮索はどうでもよくなった。

〽住み長らえるその日すぎ……

遊廓の夜、抱《かかえ》遊女の部屋。屏風《びょうぶ》を立て廻した床の中で、男は日日の心痛に寝ることができないでいる。女はその顔をつくづくと眺めては、自分というものがこの世にいなかったら、男にこうした思いをさせずに済んだものをと、涙にかきくれている——。

彩子の白い首に青筋が立っていた。脇田はそれに気付かない振りをし、徳利に残っている冷えた酒を杯に差して飲んだ。

伊太八のクドキを終えると、彩子は軽く睨《にら》んだ。

「わたしにばかり語らせて」

「それで判ったよ。君は五條の流れの太夫さんから教わったね。誰だい」

「誰でもありません。聞き覚えですから」

「聞き覚えのものか」

「聞き覚えです」

宇佐見が無理に杯を彩子に持たせて酒を差した。

「脇田さんが名人だとは思わなかった。何しろ、最初の一声で成川さんを寝せ付けてしまったんだからね」

見ると成川が床の間を枕にして大の字にひっくり返っていた。仁王みたいに真っ赤な顔だった。

卓袱台の上が小綺麗に片付いている。鯱が灰皿の吸殻を片付けているところだった。

「もう、時間かね」

と、脇田が訊いた。宇佐見がにやりと笑った。

「いや、脇田さんはまだしっぽりと語っていて下さい。僕達、ちょっと散歩して来ます」

名古屋が部屋から出て行って、すぐ盆の上に徳利を載せて戻って来た。

「お熱いのをどうぞ」

名古屋は脇田と彩子に酒を差してから、

「じゃ、お師匠《しょ》さん。お先きに、よろしいかしら」

と、言った。

「はい、判ったわ」

彩子がうなずくと、名古屋と鯱は頭を下げた。

宇佐見が鯱の手を取り、広畑は名古屋の手を握ると四人は絡まるようにして部屋を出て行った。

四人がいなくなると、急に静かになった。彩子は杯を乾《ほ》し、おいしい、と言った。脇田が差そうとすると、彩子は杯の上に手を重ね、これ以上はだめと拒んだ。

「それよりも、今度は何になさいますか」

「……そうだね。ちょっと気分を換えて、掛け合いで弥次喜多など、どう。今日僕は喜多八なんだ」

「……弥次喜多、知りません」

「嘘。知らないはずはないだろう。道中膝栗毛だ」

「……でも、本がないと」

「本なら、ある」

「ご冗談ばっかり」

「冗談なものか。見せてやろうか」

脇田は鞄を引き寄せ、充棟堂で買って来た床本を出して見せた。

「まあ……いつも本を持ち歩いていらっしゃるんですか」

「いや、たまたま来る途中、古本屋で買って来たんだ」

彩子は本を繰った。その目の動きを見て、読めるなと思ったが、彩子はそう言わなかった。

「だめよ。こんな難しい字」

その癖、指はページを繰る動きを止めない。脇田はその態度に、ふと親近感を持った。

「その本を君にやろうか」

「……でも、買っていらっしゃったばかりなんでしょう」

「そうなんだがね。今度来るまで、読めるようにして、聞かせてくれ」

「また、いらっしゃいますか」

「ここが気に入った。今度は独りで来る」

彩子は本を閉じ、礼を言った。

「そんないい音締《ねじ》めなのに、なぜ東京へ出て来ない」

「からかわないで下さい」

「いや、本気で言っている。紹介してあげてもいい。演奏会に出れば、皆びっくりするだろう」

「……わたし、今のままで充分なんです」

「語ることはあるの?」

「ほとんど」

「勿体ないな」

「ここでは、小唄と、追分《おいわけ》ばかり」

「追分――お座付きで出したのかい」

「忍火山追分というんです。何でも昔からここで唄われているらしいの」

「いい追分だった。もう一度、聞かせてくれないか」

さっき聞き流した追分は、めでためでたや、春の始めの一富士二鷹というような文句だったが、彩子が歌いだしたのは恋唄だった。

〽明けそめぬ
うちにと急《せ》いて
去り行く方の
徒夢《あだゆめ》に
さめてあとなき
ぬるる床

息の長い節がどこか新内に通じるものがある。ただ一節、豪放ともいえるところで、土と木の香りが漂う。

「いい唄だ」

脇田は聴き惚れて、それしか言えなかった。

「お覚えになりませんか」

彩子は三味線を放さずに言った。

「難しそうだな」

「そんなことはありませんわ。難しくなるのは節を覚えてからです」

彩子の言う通りだった。彩子の三味線で、三、四度繰り返すうち、どうやら節をつかむことができた。

彩子の首に、また青い筋が立った。多少の酔いなのだろう。顔の赤味が増してきたのが判った。

「矢張り、普通の方と違いますわ」

と、彩子が言った。

「少し疲れた。一杯やろう」

彩子は逆らわずに杯を受けた。

「一生懸命覚えたから、汗を掻いた」

「本当。昨夜は今頃、寒いくらいだったわ」

「湯に行かないか」

彩子はふと、真顔になった。そして、三味線を立て直すと、少年のような目に戻ってジャンと強く弾いた。差し伸ばした手を叩き返された気持だった。脇田は態と空《から》になった杯を取り落とした。

「気を悪くしないでくれ。つい、吉原《よしわら》にでもいるような気分になった」

「吉原をご存じ？」

「今、二人でいたばかりじゃないか」

それで、彩子は安心したように笑った。

「でしたら、もう、だめでしょう」

「だめ？」

「二人は心中してしまったんですから」

「そうだ。死んでは花実が咲かないな」

「お湯でしたら、お見送りしますわ」

「湯の見送りなどおかしい」

だが、彩子はタオルを持ち、本気で浴室まで送って来た。

脇田は誰もいない湯の中でしばらくぼんやりしていた。江戸時代にいるという、奇妙な幻想が頭から離れない。実際に、三味線の音色はその時代と同じなのだ。

湯を出ると更衣室の外で彩子が待っていた。彩子は小さな包みを持っていて、脇田に手渡した。

「握っておきました。お腹が空《す》いたら食べて下さい」

そして、小走りに去って行った。


多分、元元絃楽器に感応し易い体質なのだが、特に新内に惹かれるようになった遠因は父親の死だった。

脇田は子供の頃、画家になることしか考えていなかった。父親の仕事場へ入り、絵筆を持ち出して遊ぶのが好きな子供だった。画家になることは父親も賛成だった。

「これからは、職人の時代じゃねえ。なるんなら同じ絵を描いても絵描きの先生だ。絵描きだったら、いたずら描きをしたって金になる。だめだったら、潰せば模様師ぐらいはできるだろう」

そのぐらいの時代の読みはできたのだ。

父親は先代が親方だった頃を忘れることができなかった。事ある毎に嫌な時代になったと繰り返した。脇田はその祖父を知らないが、かなり腕の良かった人のようで、黙っていても弟子が集まり、町内でも指折りの大世帯だった。お抱えの車夫がいて馴染《なじ》みの幇間《ほうかん》がご機嫌伺いに出入りする。正月になると薦被《こもかぶ》りが店に据えられる。節句、行事の派手だったこと。

花見の仮装に素人《しろうと》芝居、等。

脇田は京都の芸大に合格し、二年間、京都で暮らした。三年目に父親が倒れた。脳溢血《のういっけつ》だった。母親は酒の飲み過ぎだった、と悔んだ。実際、五十を越したばかりで、普段気を付けていれば死ぬようなことはなかったに違いない。当人も死ぬ気はなかったようで、家には一銭の蓄えもなかった。勿論《もちろん》、父親は先代の浪費癖も受け継いでいた。脇田は葬儀を終えると、翌日から仕事場に入らなければならなかった。

小さいときからの見様見真似で、仕事には困らなかったが、大学の方はそれ限りになってしまった。その頃はまだ世の中の仕組がよく判らなかった。実力があれば、いつでも画家になれると思っていたから、それがさほど苦労ではなかった。

最初の内は八城の父親の助けなどあって、一応、得意先を減らすこともなく一人前になった。それから十年ほどは夢中で働き、ふと世間を見ると、大学で同じだった人間の名が、新進の画家としてあちこちで目に付くようになった。運とはいいながら、どうにもやり切れない。

そんな時期、ふと耳にした曲がひどく気になった。それは、遊惰《ゆうだ》と真摯《しんし》とが錦織りされたような不思議な世界で、華麗な調子は現世を忘れさせ、痛切な旋律は自分の情感と激しく響き合った。

聴き終って、一体これは何だろうと混乱し、新内と判るとそれからは一本道だった。レコードやテープを漁るだけでは飽き足らなくなり、たまたま近くにあった稽古所《けいこじょ》の看板を思い出して都外太夫に弟子入りをした。それが、十年以上も前のことだ。

この都外太夫というのが不思議な新内語りで、ただでさえ時代から取り残されている世界にいて、都外太夫は更に背を向けている。一般の人達に好かれるような派手な節廻しを嫌い、頑《かたくな》に日陰のような初島五條直伝の新内を信じて語り続けていた。最初、都外太夫を聴いたとき、脇田はこれがあの新内かと思い、そのあまりの違いに少なからず失望したのは事実だ。そのうち、少しずつ良さが判ってきて、今度は都外太夫が世に容《い》れられないことに腹を立てるようになった。

古びた借家に老妻と毛の禿《は》げちょろけた猫が一匹。

都外太夫は脇田が渡した『夜桜』の床本を楽しそうに繰っていた。

「芝神明《しばしんめい》前、和泉《いずみ》屋《や》市兵衛《いちべえ》板ですか。ふんふん。よく、こういうのが手に入ったね。面白いね」

「まだ、面白いことがありました」

と、脇田は言った。

「奥さんには内証ですが、師匠の名を知っている美人と会って来ました」

「ほほう……」

「忍火山温泉の芸者なんですがね。心当たりがありますか」

「その人の、年齢は？」

「まず、三十五から、四十の間」

「……待って下さいよ。忍火山温泉でね。ううん——」

「もっとも、その人は直接には師匠に会ってないと言います」

「何だ、じゃ、内の神さんに内証もないじゃねえか。どきどきして損をした」

「師匠の年でもどきどきしますか」

「そりゃ、するわな」

「済みません。話を派手にしようと思って」

「どうも、油断ができねえ」

「ところが、その芸者がびっくりするような新内を語るんです。その上、初島五條の節を、ですよ」

「……ほう」

「一体、誰が教えたんでしょう」

「ええと……その芸者の年齢が三十五から四十。新内を習ったとすると、十五から二十五ぐらいの間かな」

「そうでしょう」

「とすると、十年から二十年前、という勘定だ」

「その芸者は東京には住んだことがないと言っていました」

「……五條師匠が直接教えることは、まずねえ」

「時代が違いすぎますね」

「すると、私の兄弟弟子か、その孫か。うん、金沢だとすると、一人だけ思い当たる男がある」

都外太夫は目を細めた。目尻の皺《しわ》がぐっと深くなった。

「五條師匠は名人だったが、いわゆる玄人《くろうと》筋に受ける芸で、弟子は多い方じゃなかった。その一人で隅《すみ》太夫。私の兄弟弟子なんだが、声も良く三味線が上手だった。私にゃちょっと真似ができない。一丁で本調子と上調子を弾くという芸があってね」

「そう言えば、その芸者もそれを聞かせてくれましたよ」

「隅太夫は五條師匠に認められて、二代目五條の名跡《みょうせき》を継ぐことを許されていた。もっとも、当人は潔癖な性格でね、自分の芸が五條師匠の境に達しなければ、てんで、とうとう隅太夫のまま死んだ男だが、その隅太夫が一時期、大変窮乏した時代があった。戦後のことで、あのときは誰でも困ったんだが、我我の場合、特にひどかったもんだ。東京じゃ食っていかれねえというので、全国の遊廓や温泉場を渡り歩いて、流しに出る。隅太夫はそれを、何年か続けていたんだが、たまたま寄り着いた金沢の主計町《かずえまち》の遊廓街で、ある大きな旅館の若旦那から後援を受けるようになった、と思いなさい」

「はあ」

「浅野川《あさのがわ》東の川沿い、卯辰《うだつ》見橋という橋の前にある黄鶴楼《こうかくろう》という大きな旅館の一人息子。隅太夫はその若旦那にひどく気に入られてしまって、金沢に滞在することになったんでさ。その若旦那は筋が良くって、たちまち新内が上達する。そうなるとそれだけではもの足らない。東京から名だたる太夫を呼んでは何日も黄鶴楼に泊めて新内を語らせる。私も招かれた一人ですが、いや、その持て成しの行き届いていることといったらない。そのうち、若旦那は初島雪太夫という名を貰《もら》うことになった。昔、五條師匠の本調子を弾いていたのが雪太夫。由緒ある名なんだが、その襲名披露がまた一騒ぎでね」

「派手だったんでしょうね」

「派手なんてもんじゃねえやね。空前にして絶後。馴染みになった新内人を黄鶴楼に集めて豪勢に料理を振る舞い、祝儀を行き渡らせた。私の生涯の内でも一度だけだったね、あんなのは」

「若旦那には親がいたんでしょう」

「いた。親の方は自分の代で黄鶴楼を大きくしたという人物だから、勿論、若旦那の道楽には大反対だったんだよ。若旦那にゃ子こそなかったが、ちゃんと神さんがいた。それでも、若旦那の方は親の意見なんか聞く耳を持たねえ。これは後で判ったんだが、この披露宴に掛かった費用の一切が、親の財産分けになっていたんだ」

「……つまり、若旦那は黄鶴楼を継げなくなってしまったんですか」

「そう。早い話が、若旦那はそれで勘当《かんどう》さ。もっとも、当人としては最初から旅館の主人に収まる気は毛頭なかったんだ。昔の人はよく言ったね。三味線と蛸《たこ》は血を狂わす、ってね。若旦那がちょうどそれだ。若旦那は雪太夫になると、すぐ黄鶴楼と神さんを捨てて金沢を飛び出して東京へ出て来た。下谷《したや》に家を持って、よく隅太夫と一緒に舞台にも出ていたね。その当時は羽振りがよかった。勘当といってもまだ黄鶴楼の親父が生きていたんで、いつも小遣いをせびっていたようだ。親の財産と引き換えにしたほどだから、新内もかなりうまかった。一度、ラジオに出たことがあってね。雪太夫、その時期が絶頂だった」

「それで絶頂なんですか。名人にはならなかったんですか」

「……きっと、なっていたろうね。この世に、酒と女がなかったら」

都外太夫は両切りのピースを半分に切って細身の銀煙管《ぎんぎせる》に詰めて火を付けた。そうするのが一番うまいと言う。

「酒と、女ですかねえ」

「そう。声が良くてちょっと色白の二枚目だったからね。まあ、その頃になると、世の中も落着いて、普通にやっていれば、私みたいな者でもどうにか今日まで食って来られた。ところが、雪太夫はすぐ女にほだされるというのか、最初は航空会社の偉い人の奥様で、これが表沙汰になってしまった。このときは、皆、雪太夫に同情しましたね。どうやら誘惑されて雪太夫は本気になったという。その女と手を切らされた頃から雪太夫の酒が悪くなった。まだ、酒乱というんじゃないが、酔うと下らない女に手を出す。別れる。一層酒が深くなるの繰り返しで、終《しま》いには舞台は抜く、声は荒れる、借金は重なる。そうなると、金沢時代に世話になった人達ももう相手にしない。将棋で言うと、筋に入ったって奴だ」

「実家の方は？」

「その頃には親父さんも死んでしまい、何でも遠縁に当たる者が雪太夫の神さんの婿《むこ》に収まっていたそうですがね。その夫婦養子はもう雪太夫などには見向きもしない。それでも、雪太夫は東京では皆から愛想を尽かされて、結局は金沢へ戻った。だが、黄鶴楼へは入れてもらえなかったらしい。その間の事情は誰も判らねえんだが、一、二年して新内家組合へ雪太夫が病死したという葉書が届いたそうだ。享年確か……三十二歳だ」

「そうでしたか。雪太夫が晩年、金沢にいたとすると、当然、その芸者と会う機会があったでしょうね」

「そこなんだが……」

都外太夫はふと事務的な調子になった。

「その女の住所は判らないだろうか」

「……さあ」

「電話番号は？」

「それも」

「なんだ。色男失格じゃねえか」

「仕方がありませんよ。こっちは団体で、その中に来た芸者の三人の内の一人ですから。でも、近い内行く、と約束して来ました」

「それはよかった。脇田さんに雪太夫の長話をしたにはわけがあるんだ。その芸者が、五條師匠の節を知っていたとすると、雪太夫と関わりのある女だと思って間違《まちげ》えはなかろ。実は、以前から雪太夫の身寄りの者を探している人がいる」

「皆が愛想を尽かした雪太夫を?」

「そう。雪太夫は無一文になって東京を離れたんだが、一つだけ大きなものを持っていた。それは、五條の名でね。五條の名は、今言った通り、隅太夫が許された名だったが、隅太夫は黄鶴楼で面倒を見てもらっているとき、五條の名を雪太夫に譲ってしまったんだよ」

「……気前のいい」

「いや、隅太夫は一方《ひとかた》ならない恩義を感じていたんだろう。堅い隅太夫のことだから、その気持はよく判る。我我もそれを認めたわけだが、五條を襲《つ》ぐには若旦那、まだ芸が若かった。それで一時雪太夫ということにし、行く行くはそれを名乗るはずだったのに、雪太夫は最後迄、五條の名を使わなかった」

「すると、誰かがその五條の名を欲しいというわけですか」

「そう。今、その人の名は言わないが、さる大手の製紙会社の会長さんで――」

「だめですよ、師匠。この世界は狭いからそれまで言ったら本名を教えたのも同じです」

「ほい……まあ、言っちまったものは仕方がねえ」

「でもねえ師匠。そんな芸者より、黄鶴楼へ問い合わせたらどうなんです」

「勿論、そうした。だが、黄鶴楼は今はない」

「……潰れたんですか」

「そう。今言った養子というのが若死にしてしまった。何か、わけありらしいんだ。それで、黄鶴楼は他人の手に移って近近に取り毀《こわ》される。紅殻格子《べんがらごうし》のある古い建物の一部はどこかに保存されるそうだ」

「じゃ、いいじゃありませんか。五條の名は宙に浮いてしまったんですから、師匠あたりが、うんと言えば」

「そうはいかねえ。ちゃんと筋を通して置かねえと、後で必ず誰かが何か言う。奴は只《ただ》持って行きやがった、とかね。それが嫌なんだそうだ。金持てえのは。私にゃよく判らねえが」

「師匠はいつも名なんて番号札だとおっしゃっていますね」

「私だけだよ。そんなことを言うばかは」

「で、その会長さんの喉はどうなんですか」

「……まあまあ、かな」

「お認めになるんですか?」

「昔から言うだろ。天かれを許さぬはずと師匠言い、さ。恐らく、師匠が素人衆に許した例など、一つもねえはずだ」

最後に都外太夫は、押入れを開けて、山のようなテープの中から、雪太夫がラジオで演奏したときの一巻を脇田に貸してよこした。テープのラベルには克明な都外太夫の手で「関取《せきとり》千両幟《せんりょうのぼり》　浄瑠璃初島雪太夫　三味線初島隅太夫　上調子新内松一郎」と書かれていた。


思いは絶えず金沢に向かっていたが、その年は珍しく夏から忙しくなった。景気が良くなったためではなく、たまたま同業者の死亡や廃業が重なり、その分の仕事が脇田のところへ廻って来たのだ。

秋は最も忙しい時期で、休日も返上、睡眠も詰めたがそれでも間に合わなくなった。困り果てて、金沢の赤石に電話をすると、赤石は手空きの状態で、何でも助《す》けましょうと言ってくれた。打ち合わせは電話でも済むことだったが、この機会を措《お》いてはない。脇田はその翌朝、東京を発った。十月の末になっていた。

その気になると飛び立つ思いで、遠廻りをしてはいられない。新幹線の米原で特急に乗り継いで金沢まで。赤石のところは後廻しにして直接湖北亭へ。

バスを降りると、湖は紅葉の盛りだった。生憎《あいにく》の曇《くも》り空だが、見覚えのある風景が艶《あで》やかな色を差されて見違えるばかりだ。

湖北亭へ着いたのは四時だった。フロントで、夕方彩子を呼んでほしいと言うと、湖北亭の主人は怪訝《けげん》な顔をした。

「お師匠さんとはお識り合いですか」

「そう」

「……脇田様ですね」

「そう。でも、喜多八と言った方が判り易いかな」

「──喜多八？」

「そう、弥次喜多の喜多さん。あの人の新内を聴きたいんだ」

「そうでしたか。新内の方でしたか」

湖北亭は納得したような顔になってから、少し首を傾《かし》げ、

「たまたま、今日は朝からこの近くで祝賀会が開かれていて、お師匠さんは多分、そっちの方へ出掛けていると思いますよ。一応、連絡はしてみますが」

湖北亭はその場で電話を掛けていたが、残念ですが、と首を振った。

「今日に限って、忍火山温泉の芸者衆は皆、夜まで祝賀会の方へ出ているそうです」

「何の祝賀会なのかね」

「湖の遊歩道が完成して、忍火山追分の碑も出来ました。その祝賀会です」

「……前に来たときは遊歩道は行き止まりになっていた。お蔭で廻り道させられたよ」

「お客様はいつおいでになりました」

「六月だった」

「それじゃ、まだ工事の途中でした。申し訳ありません。いかがでしょう。祝賀会を見物なさいませんか。歩いて十分足らずです。お師匠さんにも会えると思いますが」

会場は湖畔に面して建っている神社の境内《けいだい》だという。

脇田は手荷物をフロントに預けて、そのまま遊歩道へ出た。白い砕石を敷いた道をしばらく歩くと、ベニヤ板で作られたアーチが見えた。アーチには「祝　遊歩道完成　忍火山追分の碑建立《こんりゅう》」の文字が見え、上には割られて二つになった薬玉《くすだま》がぶら下がっている。

アーチをくぐると、ちょっとした広場で、さまざまな露店商が屋台を並べていて、すっかり祭の気分だった。広場の奥に石段が伸び、その上に古びた鳥居が見えた。コンクリートで固められた石段は、途中から急に角の磨《す》り減った石に変った。

大社造りの社殿は鳥居に劣らない古さだった。大銀杏《おおいちょう》に渡された注連縄《しめなわ》が真新しい。境内にも屋台が出て、受付らしい白いテントが見える。

脇田が紅白の幕を張られた神楽殿《かぐらでん》の前を通り掛かったとき、社殿からぞろぞろと人が出て来た。ほとんどが黒の背広、紋付の羽織袴《はおりはかま》の人もいる。人人は勾欄《こうらん》を降りるとめいめい履物を履き、境内に散った。あたりが急に賑やかになった。それを待っていたように、どこからともなく十人余りの着物の女性が出て来て、社殿から出て来た人達を社殿の右側に案内し始める。

一番派手な振袖を着た鯱の姿がすぐ目に付いた。続いて肥った名古屋が人の間に見えた。名古屋の色留袖《とめそで》は城廓の模様だった。

背の高い男の向こうに、彩子がいた。彩子は一しきり笑って相手を見上げた。男が何か言い、彩子は身を捩《よじ》って相手の腕を叩いた。そのとき、ふと脇田の方を見た。

彩子は一度視線を逸《そ》らそうとしたが、次に脇田を凝視した。あら、と言うように口が開いた。

彩子は相手に何か言ってから軽く会釈《えしゃく》し、脇田の方へ駈け寄って来た。男が振り返って彩子の方を見送った。童顔で優しい感じのする中年の男だった。

「びっくりした……来ていらっしゃったんですか」

脇田はその声を懐かしく聞いた。

「今、着いたばかりだ」

「ひどいわ……お電話を下さればよかったのに」

彩子は脇田の腕を取って受付の方へ引いて行った。受付には誰もいなかったが、彩子はテーブルの上から赤い造花を一つつまみあげた。

「これ、着けていらっしゃって」

「僕は通りすがりの者だよ」

「いいのよ」

彩子は安全ピンを外し、造花を脇田の胸に縫い付けた。きちんと撫で付けられた髪から、透明な酸の香りが届いた。

「今、関係者の表彰式があったところなの。これからパーティになりますから、何か召し上がって下さい」

「忙しそうだ」

「ええ。パーティの後、忍火山追分のコンクールになるんです。お宿は?」

「湖北亭。約束を守って来たんだがな」

「……あのときの?」

「当たり前じゃないか」

「ご免なさい。今は何もできませんけれど、ここが終えたら、必ず湖北亭へ参ります」

「遅くなるんだろう」

「いいえ。抜けて行きます」

彩子は脇田を宴会場に案内した。

社殿の横は思ったより広く、丸テーブルが配置されていた。彩子は一隅に脇田を坐らせると各テーブルに飲物を運び始めた。

参会者がテーブルに着くと、脇田のいるテーブルに名古屋が酌に来た。名古屋は地元の人達と来賓《らいひん》とを差別しているようだった。脇田にビールを注ぐと、名古屋は、

「今日は遠いところを態態《わざわざ》ありがとうございます」

と、神妙に言った。

「除幕式にはおいでになっていたかしら?」

「いや、今、着いたばかりでね」

「どちらから」

「東京から」

「それはお疲れだったでしょう。でも、ちょうどいい時間よ。式は祝詞《のりと》や挨拶が長くて退屈なだけだったわ」

「色色出来て、忍火山にお客が沢山《たくさん》来るようになるといいね」

「そうね」

「名古屋さんも忙しくなる」

「……あら、こちら、わたしの名を知っているわ」

「有名だもの」

「……前に、お会いした?」

「うん。そのときもお城の着物だった。着道楽なんだね」

「そう。ですから、稼いだものは皆呉服屋さんに持って行かれるわ」

関係者が立って、乾杯の音頭をとる。それからは来賓が立つ。一渡り挨拶が済むと、正面に置かれた薦被りの前に、紅白のリボンを結んだ槌《つち》を持った何人かが並んだ。紋付の男、さっき彩子と話していた童顔の男も加わっている。

手拍子で薦被りの蓋が打ち割られる。女たちが集まって来て、白木の枡《ます》に酒を入れて、参会者達の間に配って歩く。脇田の前にも杉の香のする枡が置かれた。その女性は目が大きく、西洋の宗教画の中に出て来る修道女のような顔立だった。

彩子は何度か脇田のテーブルに近寄って来たが、さり気なく料理の皿を運ぶだけだった。別に気を遣うことはないと思うのだが、狭い町のことで他人の目が気になるのだろう。

脇田が独りでビールを飲んでいるうち、宴会も砕けてきて、席を立って談笑する客が多くなった。

芸者達は大部分の客と顔見識りのようだった。遠慮のない冗談が耳に入って来る。

名古屋が顔を赤くして来て、空いている脇田の隣にどさりと腰を下ろした。

「お客さん、悪いけど少し休ませて」

「ああ、いいよ」

「外で飲むお酒は酔うわね」

「お酒は好きなのかい」

「そうじゃないけど、しつっこく迫る奴がいるんだ」

「人気があるんだよ」

「お客さん、少しも飲んでないでしょう」

「識らない人が多いから、あまり酔うと困る」

「あら、いいのよ。ここの人達に遠慮することなんかないわ」

名古屋は盆を持って通り掛かった芸者から枡酒を取って脇田の前に置いた。

「忍火山温泉の芸者さんは皆美人だね」

「皆さんそうおっしゃるわ」

「あそこに、日本人放れのした顔の妓《こ》がいるね」

「あの子は花園《はなぞの》さん。能登《のと》の花園で取れたの」

「国産かい」

「おばあさんがフランス人なのよ。おばあさんは日本へ盆栽を習いに来て、いい人ができてしまったの」

脇田は初めて気付いたように、彩子の方を見た。

「今、背の高い男の人と話しているのは?」

「あれは芸者じゃないわ」

「……ほう」

「忙しくなるとお座敷へも出るんですけれど、本当は小唄のお師匠さん」

「この町で教えているの？」

「そう。お師匠さんもここには長いわね。十年以上になるかしら」

「すると、余所《よそ》から来た人だ」

「わたし達、皆、余所生まれ。わたしは名古屋だし、花園さんは能登」

「お師匠さんと話をしている男は好男子だね」

「あれは小高野《こたかの》さん。高校の教頭さん。数学の先生なの。今日は校長先生の代理ですって」

「しょっちゅうお師匠さんと話をしているみたいだね」

「お客さんも気が付いた？」

「うん」

「全く、焦れったいったらありゃしない」

そのうち、司会者がマイクの前に立って、三十分後に忍火山追分のコンクールを開催しますと言い、中締めになった。

彩子は三味線を持って来て、コンクールの担当者らしい男と何か打ち合わせをしているようだ。名古屋はマイクのあるあたりに立って、三、四人の男達と枡酒を手にしている。

脇田は新しく建ったという碑を見物することにした。

神楽殿には照明がつき、審査員の席が設けられている。何本ものマイクが光り、いつコンクールが始められてもいい準備ができている。境内の人達の数も増えていた。

脇田は石段を降り、遊歩道に出た。空は一際暗くなって湖面の方が明るい。気温は夕方の方がむしろ暖かい。湿度も上がっているようだった。

碑のあたりは人影が絶えていた。そのあたりの風景は見覚えがある。

コンクリートの上に建てられたのは二メートルばかりの卵形をした詩碑で、黒い碑面は鏡のように磨《みが》き上げられている。碑の文字は達筆すぎたが、彩子に教えられた追分の歌詞が深く彫り込まれていた。

裏に廻ると、文字は楷書で、忍火山追分発祥の碑とありその由来が読める。四角張った文章だが、内容は明快だった。

追分の源流は信州追分の宿で歌われていた馬子唄《まごうた》で、これが全国に拡まり、信濃《しなの》から越後《えちご》に伝わって越後追分、東北では秋田追分。更に海を渡って北海道の松前《まつまえ》追分、江差《えさし》追分に育てられた。忍火山追分もその系統の一つで、江戸から流れて来た浄瑠璃の太夫によって改良され忍火山温泉から一般に流行したのが起こりとされている。曲は豪快なうちに繊細な節を加えて奥行が深い。これからも数多くの人達に唄い継がれて行くだろう――といった意味の文章だった。

脇田はベンチに腰を下ろし、煙草《たばこ》に火をつけた。

どうやら、町の人達は忍火山温泉の繁栄には相当熱心らしい。この土地で生活を続けていく以上、それは当然なことなのだろう。だが、脇田のような通りすがりの者は、どうしてもある不安を感じてしまう。

これが話題になれば、人が寄ることは間違いあるまい。ブームが起こる可能性もある。そして、そのとき、どれも善良そうな人達が、そのままの性質を続けられるかどうか。忙しくなれば名古屋だって、座敷に手を抜きうまくもない踊りも踊らなくなるかも知れない。

遠くでマイクを通した声が聞こえた。コンクールが始まるのか、と脇田が立とうとしたとき、空に稲妻が走った。

稲妻は一瞬、遠くの山脈を黒く浮き立たせてから、低い地鳴りのような音を響かせてきた。一呼吸置いて、今度はオレンジ色の閃光が山脈の上を平行に現われ空を明るくした。あまりの華麗さに、脇田は雨が近付いていることを忘れていた。

稲妻は断続的に数回、さまざまに形を変えながら湖に返照した。その度に、低い響きだった雷鳴が金属音に近付いた。

肌が確実に湿度を感じ取ったとき、湖面の向こう岸から色が変りだし、それが早い速度で渡って来たと思うと、脇田は雨の中にいた。

咄嗟《とっさ》に身を置くところがない。脇田は葉の多く繁る木の下に駈け込んだ。稲妻はなお山の上に踊り、雨足は一層激しくなった。たちまち木の葉は支え切れなくなって、容赦《ようしゃ》なく雨を大粒に集めて降とし始めた。雨は霙《みぞれ》のような冷たさで肌を刺した。

「脇田さん……」

女性の声を聞いたようだった。次の呼声はもっと近付いていた。

碑のあたりに彩子の姿が見えた。彩子は男物の黒い傘を差していた。脇田はここだと大きな声を出した。彩子は振り返って木の下に駈け込み、傘を差し掛けてくれた。

「まあひどい。ぐしょぐしょじゃありませんか」

「最初から付き合っていたからね。見事な稲妻だった」

「呑気《のんき》らしいことを言って」

「君こそ雷の中を傘で歩くなんて危《あぶな》いじゃないか」

「ここは大丈夫。雷はいつも向こうだけなんですから」

「態態迎えに来てくれたのかい」

「ええ。後ろ姿を見掛けましたから。でも、傘が一本しか見付からなくてご免なさい」

「僕なんかどうでもいい。君の着物が濡れてしまうじゃないか」

「寒いでしょう」

「寒いことは寒いね。でも、温泉へ入れば大丈夫だ」

「湖北亭まで大分ありますよ」

「じゃ、止むのを待っているか」

「風邪を引いてしまいますよ。こうなさい。わたしの家がすぐ近くですから、雨宿りなさいな」

「コンクールの方は？」

「こんなですから、一時中止。止んだら始めます」

「すぐ、止むのかな」

「ええ、三十分もすれば綺麗に晴れるわ」

「……しかし、悪いみたいだな」

「悪いことなんかありませんよ。その代わり、ちょっと登りになりますけれど」

彩子は歩き出した。

遊歩道から小道を登り、バス通りを横切って、更に坂道を進む。彩子の言う通り、急勾配の小道だったが、五分も登り詰めると広い道に出、何軒かの家が見えた。長い築地の跡切《とぎ》れる先が彩子の家だった。

脇田が傘を差し掛け、彩子は格子戸を開けて先に家に入った。外はほとんど滝になっていて、傘はあまり用をなさなかった。

玄関から四畳半、次が六畳で、彩子はすぐ何本かのタオルを持って来て脇田の身体を拭おうとした。

「いや、自分でする。君の方を急がなきゃ」

「じゃ、すぐ着替えますから」

彩子は六畳の石油ストーブをつけ、自分は奥に入って襖を閉めた。

脇田はストーブの前に立って上着だけ脱いだ。すぐ、全身から水蒸気が立ち昇る。上着のポケットにも水が入り込んでいる。脇田は急いでポケットからカセットテープを取り出した。テープは無事だった。

六畳は稽古場に使われているらしい。桑の茶簞笥《だんす》に文机《ふづくえ》、壁には何棹《さお》かの三味線が掛かっている。

彩子が紺地に花筏《はないかだ》を散らした訪問着になって襖を開けた。役者の早替りを見るようだった。

「濡れたもの、どうした？」

と、脇田が聞いた。

「掛けて置きました」

「ただ？」

「ええ。それで、いいでしょう」

「商売柄、気になるね。霧吹きとドライヤーがあったら貸しなさい」

「どうなさるの」

「ざっと、手当てをしておく。でないと、後で手古摺《てこず》るよ」

「……でも、悪いわ」

「僕が雨の中を歩かせたようなものだから、そうしないと気が済まない」

彩子はためらっていたが、次の間から衣紋掛《えもんか》けに掛けた着物を持って来た。脇田は裾に付いた泥を手拭で叩き出し、要所を霧吹きとドライヤーで処置した。

「長襦袢《ながじゆばん》もひどくなっているだろう」

彩子は首を振った。

「差《はずか》しいことなんかない。僕を染《しみ》抜き屋だと思えばいい」

「いいえ、だめ」

脇田もそれ以上は言わなかった。長襦袢は下着の一種だ。脇田も濡れたズボンは脱ぐわけにはいかない。

「あら、何のテープ?」

彩子は畳の上に置いてあったカセットテープを見付けた。

「そうだ。これを君に聴かせようと思って持って来たんだ」

「何かしら?」

「聴いてご賢」

彩子はラジカセのコンセントを差してカセットを手に取った。

「巻き戻して?」

「いや、そのまま」

テープは初島雪太夫の「関取千両幟」稲川内のおとわのクドキが出るようにセットしてある。アナウンサーの演者紹介を聞かせず、直接、雪太夫の声を聞かせて、彩子がどう反応するか知りたかったからだ。

彩子はテープをセットしてスイッチを入れた。

三味線の合の手に続いて、雪太夫が語り始めた。

すぐ、彩子の表情が変った。

彩子は最初、信じられないというように首を振り、それから、ひどく辛いものを口に入れたときのように身体を震わせた。

〽相撲取りを夫に持てば……

彩子は脇田を見、横を向いた。しばらくすると、後ろ向きになって、それでも、いたたまれないように、次の間へ入って襖を立て切った。

〽江戸長崎国国へ　行かしゃんしたその後の……

彩子が叫ぶように言った。

「脇田さん、お願い。そのテープを止めて」

脇田は機械のスイッチを切り、テープを取り出した。

ゆっくりと襖が開いた。怖いものが、本当にいなくなったか、という表情だった。脇田は彩子がこれほど動揺するとは思っていなかった。

「ひどい。何も言わないで」

「気に入らなかったかね。悪いことをしたら謝る」

「……いいえ。ただ、急に胸が一杯になってしまって」

彩子はそれでもいつでも飛び込めるようにか、襖を開けたままにしていた。奥の部屋に鏡台や和箪笥が見えた。

「あなたは容赦のない方ね」

「矢張り、この雪太夫さんに新内を習ったんだね」

「白状するよりなさそうね」

彩子の表情に恐怖が消えていくと、懐かしさが見えた。染料の紫色の赤が蒸発して後に青が残る感じだった。

「……でも、こんなテープが残っているとは少しも知りませんでした」

「雪太夫さんは、一度ラジオで演奏したことがあるんだ。そのときの音を、都外太夫師匠が取っていた」

「……そうでしたか。このテープお貸し願えますか」

「勿論、そのつもりで持って来た」

「……心の準備をしてから、独りだけで聴きたいんです」

「とすると、ただの師弟の間以上、という感じだね」

彩子はごく素直にうなずいた。

「ええ。わずか一年と三月足らずでしたけれど、わたしは師匠と一緒に暮らしていました」

「そうだったのか」

彩子はやっと落着きを取り戻したようだった。脇田から渡されたカセットを、いとしそうに両掌で包み込んでいた。

「それじゃ、師匠のことは、色色とお聞きになったでしょう」

「うん。都外太夫師匠がよく知っていた。雪太夫さんは金沢の大きな旅館、黄鶴楼の若旦那だったこと。たまたま聴いた隅太夫にすっかり惚れ込んで弟子になったこと。そして、そのために家と妻とを捨てて東京へ出て来たこと」

「それじゃ、わたしなどより精《くわ》しいわね。師匠は昔のことをほとんど話してくれませんでしたから」

「最初に雪太夫さんと出会ったのは、ここでかね?」

「いいえ。青森の浅虫《あさむし》温泉でした」

「じゃ、君は青森の生まれ？」

「いいえ、生まれは伊豆《いず》の三島《みしま》」

「……小さいときから、声のいい子だったんだろう」

「いいえ、少しも。音楽の時間はどっちかと言うと、嫌いな方でしたわ」

「きっと、学校のは西洋音階だからだめなんだな。比較にはならないが、僕だってそうだった。前に、清元をやっていたと聞いたがね」

「……まあ、物覚えのいい」

「君だって、僕の名を覚えていたじゃないか。清元は伊豆で？」

「ええ。父と母が離婚した翌年。父の身持ちが悪かったんです。県会議員をしたこともある人なんですが、遊ぶことも激しかったの。母はその放蕩《ほうとう》に堪えられなくなって、終いには離婚。わたしが十五のときでした。一人の兄は父のところに残ることに決まり、さあお前はと言われたとき、どうしても母を独りにさせることができなかったの」

彩子はそれまで言って、顔の前で手を振った。

「あら、いつの間にか変な話になってしまったわ。面白くないわね。すっかりお酒も醒《さ》めたでしょう。一本、付けますか」

中腰になるのを、脇田は、

「いや、そのまま。酒はもう充分だ。雨も峠を越したようだ。止むまでその話を続けてくれ」

「でも、詰まらないわよ」

「いい。君のことがもっと知りたい」

「変な人ね」

「君はどんな子供だった？」

「お転婆。男の子と喧嘩《けんか》ばかりしていて、ちっとも可愛気のない子だったわ。でも、母と二人で暮らすようになってから反対に陰気な子だったみたい」

「十五というと、中学生か」

「ええ。次の年で高校。母は離婚してから伊豆長岡《ながおか》の旅館で働いていましたから、どうにかわたしを高校へ進ませることはできたんです。でも、その働きぶりを傍で見ていて、早く母に楽をさせたいと思っていたので、それ以上、学校へ通う気はなかったの。それなら、町役場に世話をしてやる、と言ってくれた先生がいたんですけれど、そのとき、昔の利かん気がむくむくと起こって、平凡な事務員などは嫌だと断わってしまい、自分は芸者になると言い出したわけ」

「知り合いに芸者さんがいたの？」

「ええ。母が勤めていた旅館によく来た、小らんさんという人。大家の奥様という感じの美人で、優しくて一通りの芸の外、生け花も書も上手でした。わたしは小らんさんから色色なことを教えてもらっているうち、自分も小らんさんみたいになりたいと心を固めたの」

「清元は？」

「手ほどきはその小らんさんでした。あるところまで進んだとき、勧められて東京へ稽古に通うようになって、そのころはそれが一番の楽しみで、稽古の辛さはあまり苦にならなかったわ。二十一のとき、ぜひわたしをという人がいて、お嫁に行きました。相手は盛岡《もりおか》の大きな材木問屋で、伊豆にも山を持っていた人。そのころ、普通のお嫁さんになることも望みだったのね。わたしの身の回りには、一度も結婚することもなく、身を持ち崩していった人が多過ぎたから」

「そのままだったら、材木問屋の奥様だったんだ」

「ええ。わたしだってそううまくいくとは思っていませんでした」

「どうして別れたの」

「相手のお義母《かあ》さんが病的だったんです。わたしが主人の寝室に近付けないようにしたり。悪く言うことになりますからこれ以上話しませんが、最後には狂言自殺まで計って。そのとき、主人がわたしの前に手を付いて、このままでは自分の仕事もできなくなる。三人が自滅をするようなものだ。別れてくれと頭を下げたのです」

「それで、うんと言った」

「ええ。仕方がないでしょう。それで、浅虫で働くようになったの。ねえ、詰まらないでしよう」

「いや、これからが雪太夫さんとの出逢いだ」

彩子は立って障子を開けた。小廊下の向こうがガラス戸で、彩子はその曇りを手で拭った。

「あら、いつの間にか晴れました」

「そりゃ、よかった」

「そろそろ出掛けなきゃ」

彩子は手早く脇田の背広にアイロンを掛けた。

「久し振りに師匠の声を聞くことができました。さっきはただびっくりして、あたふたしてしまいましたけれど、お志ほんとうに有難いと思います」

「その、雪太夫さんのことなんだがね」

脇田は上着を着て坐り直した。

「雪太夫さんは初島五條の名跡を継ぐ人だったそうだね」

「……そう聞いています」

「雪太夫さんはとうとう五條を名乗ることなく亡くなったようだが、東京でその五條の名を欲しがっている人がいるんだ」

「………」

「その人は前から雪太夫さんの縁者を探しているそうだが、黄鶴楼はとうになくなっていて、その人達の居所も判らない」

彩子はちょっと固い表情になった。

「それで、君のことを話すと、もし、雪太夫さんに関わりのある人なら、その人から五條の名を譲り受けたい、とこう言う」

「……五條の名はわたしと関係がありませんよ」

「でも、一応は雪太夫さんにつながりがある」

「わたしは師匠から名を売っていいなどと言われたことは一度もありません。師匠はとうに亡くなっているんだし、その人が名を欲しかったら、勝手に名乗ったっていいじゃありませんか」

「そうはいかない。それでは筋が通らない」

「じゃ、どうすればいいんです」

「君が、うんと言うだけでいい。向こうはそれ相当の礼をするそうだ」

「……あなたはそのためにわたしを尋ねて来たのね」

「それもある。が、そんなことがなくとも来るつもりだった」

「嘘」

「嘘なもんか」

彩子は立ち上がった。

「もう、行きます」

「気が進まなければ、嫌だと言えばいい」

彩子は無言だった。

多分、雪太夫は五條の名を貰いながら、最後まで使わなかった。それほど大切に思っていたものを、見も知らぬ者が横あいから無造作に手を出そうとする。その無神経さが気に入らないのだ。それだけ、雪太夫への思慕が強かったのかと改めて思い知らされる。

彩子はただ黙って神社に足を向けた。石段の下まで来ると、

「今のこと、少し考えさせて下さい」

とだけ言って、さっさと石段を登って行った。


電話が鳴っている。

脇田はぐっすり寝入っていたので、最初、どこにいるのか判らなかった。違い棚の電話を取ると、彩子だった。

「寝ていらっしゃったの?」

彩子はかなり酔った声で言った。

「うん」

「これから、伺います」

「……これから？」

時計を見ると、十一時だった。

「ひどい人ね。待っていなかったの。会を抜けて行く、と言ったのに」

「……そうだった」

「お部屋は？」

脇田は部屋を見廻した。

「二階、角の部屋。この前、来たところ」

「判ったわ。もう、寝てはだめよ。お部屋の鍵を開けておいて下さい」

「ああ」

「それから、非常口の鍵もね。玄関が閉まっていると悪いから」

「判った」

しばらくすると、彩子がドアを開けて部屋に入って来た。電話の声ほど酔ってはいない。身繕いもきちんとしている。

「やっと、抜け出して来たわ」

彩子は風呂敷包みを解いて、三味線と道中膝栗毛の床本を畳の上に置いた。前に来たとき彩子に渡した本だった。

「会はまだ、続いているのかい」

「ええ。終るのはだいたい真夜中。いつも、お酒を飲まない若い人達が手分けをしてお客さんを送るの。これからが祝賀会」

「まだ祝賀会をやるのかい」

「今度のは小高野先生の祝賀会」

「……というと、コンクールにその先生が入選したわけだ」

「そうなの」

「そこまでは僕も聞いていた」

「お上手だったでしょう。あれで、まだ年季は浅いの」

「……君が教えたのかい」

「ええ」

「それで、いいのかね。先生の祝賀会に出なくて」

「脇田さんとの約束の方が先きだったじゃありませんか」

彩子は床本を開いて前に置き、背筋を伸ばした。

「さあ、お約束したのは、弥次喜多でしたわね」

「しかし……」

「さあ、いきますよ」

彩子は否応《いやおう》なく一つ絃を弾いた。

〽あの弥次さんはなぜ遅い　草鞋《わらじ》が切れたか門止めか
さらりとした投げ節だった。弥次喜多にふさわしく歌い流しているのだが、朗朗とした安定感がある。

こうなれば付き合うよりない。脇田が喜多八、彩子が弥次郎兵衛となる。

赤坂並木の段。遅れて来た弥次郎兵衛は狐に化けて喜多八に馬の糞《ふん》を食べさせようとする。

「ええ、その馬の糞を私に。

「おいやい。

「ええ。

「いやか。

「じゃと申してそれがまあ。

「食わねば古巣へ連れて行く。さあ失せい。

「ああ、申し申し、私は子供の時分から馬の糞は不調法でございます。この儀ばかりはご了《りょう》簡《けん》。

聞いているうちに舌を巻いたのは、彩子の江戸訛りだった。雑でいて歯切れのいい早調子は、子供の頃を思い出させた。まだ、その時分にはそういう調子で喋る老人が稀《まれ》にいたのだ。その調子に較べたら、都外太夫でも訛りの少ない部類に入ってしまうだろう。

弥次郎兵衛が自分の正体を現わすと、喜多八がにわかに空元気に変って、いもしない狐に啖呵《たんか》を切る。彩子は水が走るように言い立ててから、

〽こんなところに長居は恐れだ　さあさあ行こうと二人が荷物を一つにからげて差し荷《にな》い
と、セメで節を切った。

節は多くなく、二人で漫才をしたようなものだった。

「喉が乾いた。ビールを飲むかい」

と、脇田が言った。

「ええ、頂戴《ちょうだい》します」

脇田は冷蔵庫からビールを出して、二つのコップを並べて注いだ。

「その前に……」

彩子は膝の上に手を揃えた。

「さっきのお話ですけれど」

「……いや、もう、いいんだ。都外太夫師匠に断わっておく」

「いいえ、うん、と言わせて下さい」

「……」

「あれから、ずっと考えていたんです。もし、そのままだと、大切な五條の名もわけのわからないことになって、この世からなくなってしまうでしょう。それに――」

彩子は少し面を伏せた。

「羞《はず》かしいことですが、師匠のお骨はお寺へ納めたまま。まだ、お墓を建てることができません。もし、五條の名が欲しい人が、どんな小さなお墓でも作って下されば、わたし肩の荷が降ります」

「判った。帰ったら、早速、師匠に君の気持を伝えよう」

脇田はコップを挙げた。彩子は旨《うま》そうにビールを一息に飲み乾した。

「なんだ、いけるじゃないか」

「今日は特別な日なの」

彩子は続けてビールを飲んだ。最後の一杯を飲み終えると、彩子はちょっと用事があると、三味線を持って立ち上がった。すぐ戻ると言い、小さく畳んだ風呂敷は部屋の隅に置いたままだった。

すぐ、窓の外から三味線の流しが聞こえてきた。最初、彩子が自分に聞かせるのかと思い、窓を開けようとしたが、音はするすると遠くなっていった。彩子は興に乗るまま流しを弾きながらどこかへ行くらしい。外は風があるようで、三味線の音は湖面に流される感じになり、ふっ、と消えてしまった。

脇田は所在なく煙草に火を付けた。それを吸い終る間もなかった。そっとドアが開いて、彩子が戻って来た。

「お待たせしました。外はかなり冷え込んでいるわ」

見ると、彩子は片手に三味線を下げ、もう一つの手に草履を持っていた。脇田は彩子が電話で、非常口の鍵を開けておいてくれと言ったのを思い出した。

「外から登って来たのかい」

「ええ」

彩子は小さな下駄箱に草履を揃え、部屋に戻って来た。

「もう、玄関は閉まった?」

「いいえ……ここのご主人に、わたしが泊るのを知られたくなかったから」

「………」

「今晩、ここは吉原ということにしませんか」

彩子はそう言って、さり気なく三味線の絃を緩めた。

金沢駅に着くと、赤石が出迎えていた。

父親の法事で赤石が東京に来て以来、四年ぶりだが、赤石はほとんど変っていない。見るからに実直そうで、厚手のセーターを着ているところは、仕事場からすぐ飛んで来たという感じだった。

「六月の旅行は忍火山温泉だったそうですね。寄ってくれればよかった」

と、赤石は言った。

「あのときは、酔っ払いの面倒やなにかでつい閑が作れなかった」

「そうでしたか。でも、この不況に忙しいのは何よりです」

赤石はタクシー乗場に行こうとしたが、脇田はその前に見たいところがあると言った。

「主計町に黄鶴楼という旅館があるそうだね」

「あります。でも、今は営業していませんよ」

「建物だけでも見たいんだが」

「……はて、どうでしたか。ずっと前、取り毀されるということを聞きましたが」

「もし、なくなっているとすると、跡だけでも見たいな」

「一体、何があるんですか」

「昔、そこで、人殺しがあったと聞いたんだが」

「……そう、ありました。十年以上も前のことですよ」

「だから、見たい」

「若旦那、相変らず物好きだな」

タクシーの運転手に訊くと、建物はつい最近、取り払われて、後にスーパーマーケットが建つのだと言った。

「東京と同じだな。どんどん町が変っていく」

脇田は嘆息した。

「でも、一部は湯涌《ゆわく》の江戸村に移されて再建されるらしいですよ」

と、赤石が言った。二人はその車に乗り込んだ。

昨夜、彩子は脇田を床に入れ、明かりを調整すると、床本を開いて脇田の顔へ屋根に乗せた。

しばらくすると、鋭い衣擦れの音が聞こえてきた。

彩子は身体が成熟してからの床に慣れていないようだった。血管が青く浮きだした首を左右に振って、

「どうなってしまうの。どうなってしまうの」

と、繰り返しながら身だしなみを捨てていった。

翌朝、彩子は暗い内から身支度を整えだした。

「都外太夫師匠と君とで弥次喜多を語らせたいな」

と、脇田が言った。

「君みたいな芸を持っていて勿体ない。東京へ出て来る気はないかい。東京でも充分やっていけるはずだ」

彩子は首を振った。

「わたし、今が一番落着いているんです。ここの人は、皆いい人達ですから」

多分、彩子が気を遣うくらいだから、湖北亭の主人や、小高野先生も熱心な彩子のファンに違いない。そして、更に彩子の三味線で忍火山追分を歌う多くの人達。

ふだん彩子が思うように新内を語らないのは、雪太夫の鎮魂として自分の心に閉じ込めている。それが、脇田によって触発されたとき、彩子の女も外に噴き出すのを押えることができなかったのだ。

「浅虫で雪太夫さんは演奏会でも開いたのかね」

それとなく観察すると、彩子はもう雪太夫という名だけで動揺することはなかった。

「いいえ。最初、逢ったのは夜道でしたわ。師匠は流しの帰りらしく、すっかりお酒に酔っていて、雪の中を着物は開《はだ》け、三味線を引き摺るようにして、とても見ていられなかったので宿まで送り届けたんです」

「独りで流しをしていた……」

「ええ。浅虫では呑んだくれの新内流しということでほとんど相手にされなかったんですが、ある夜、自分の耳を疑うほど凄い新内が聞こえてきました。わたし清元を習ったことがありますから、新内の節は多少知っていましたが、何というか全く別の感じ。聞き惚れるという生易しいものではなく、師匠の声がわたしの魂につかみ掛かろうとするほどで、すぐかあっとなってしまったんです」

「それで、すぐお弟子に？」

「最初はうんとは言ってくれませんでした。新内は詰まらねえから止せ。酒の方がいい。酒の稽古を付けてやる——こんな調子なんです。それでも、何回か師匠のところへ通ううち、根負けがしたんでしょう。やっと三味線に手を出してくれました。けれども、新内は詰まらねえと言いながら、いざ稽古になると、徹底的でした。堪えられずにわたしが泣き出し、師匠が倒れそうになったことも一度や二度ではありませんでした」

「……本当に新内が好きだったんだね」

「そうです。当時、師匠はげっそりと痩《や》せ、顔色が悪くて目ばかりぎょろぎょろし、見られると怖くなるような人でしたが、それがわたしの前で三味線を持つと鬼みたいな形相になって、まるでむきなんです。今考えると、自分の命があと残り少ないのを勘付いていて、焦っていたんだと思います。稽古の前は酒も口にしませんでした」

「そうだろうな。でなければ、今の君みたいな新内は語れない」

「わたしは上調子を覚えると、それまでの仕事を辞めて、師匠と二人で温泉街を流すようになりました。けれども浅虫には長くいられませんで、それから各地の温泉を転転として。そりゃ、苦しかったけれど、わたしには一曲でも多く覚える楽しみがありましたわ。師匠の方も深酒で自分を忘れるということも少なくなり、おこがましいのですが、何とかしてもう一度立ち直らせてやりたい。師匠に舞台で語ってほしい。師匠の芸なら、きっとそれができる、と。若かったんですね。わたしはやっと二十二になったばかり」

「雪太夫さんは?」

「三十一歳。でも、荒れた生活のためかずっと老けて見えました。無論、師匠の方が年上なんですけれど、普通の生活はわたしが母親の役でなければなりませんでした」

雪太夫がどんな気持だったかは判らないが、青森では恐らく死を覚悟していたに違いない。その雪太夫は彩子との出会いで、一筋の希望を見たはずだった。

「大体、判ってきた。前に弥次喜多をと言ったら、嫌ったことがあった。その曲には雪太夫さんとの特別な思いがあるんだね」

「……そうなんです。師匠はたまに機嫌がいいとき、おどけて弥次喜多を口ずさむことがありました。言葉は早口のべらんめえで。わたしにひどい江戸訛りを覚えさせて、まるで掛け合い漫才みたいに」

彩子は淋しそうに白い歯を見せた。

「都外太夫師匠から聞いたんだが、雪太夫さんが死んだのは三十二歳。すると、その翌年、亡くなったのかね」

「ええ。流しの稼ぎだけでは二人が食べていけなくなったんです。多少あったわたしの蓄えも尽きてしまいました。いざとなれば、わたしが芸者に出れば何とかなる。でも師匠はそれに反対で、最後にはあれほど嫌っていた金沢へ行こうと言いました」

「金沢——黄鶴楼へ？」

「ええ。勘当されたといっても、師匠の最後の頼りは生家しかなかったんです」

「……しかし、そのころ、黄鶴楼は人手に渡っていたんじゃなかったかい」

「いいえ。師匠のお父さんは数年前に亡くなっていて、お母さんは入院中で、でも、まだ黄鶴楼は店を開けていて、師匠の奥さんと再婚して家に入った、洋次郎《ようじろう》という人が主人になっていました」

「その洋次郎という人は若死にしたんだったね」

「ええ、師匠よりも先きに死にました」

「普通じゃなかったと聞いたが」

「……誰かに殺されたんです」

「殺された？」

見た目では彩子は穏やかだった。口の端に笑みまで浮べている。

「でも、それでよかったんだと思います。そうでなかったら、師匠が殺していたかも判りません」

彩子はそのわけを話した。

結局、雪太夫は人の好い趣味人だったのだ。一度、好きなものに出会うと、前後の見境いがなくなる。感性が鋭く教えられれば上達が早い。人に誉めあげられるとその気になり、平気で財産や妻を捨ててしまう。波に乗っているときはいいのだが、困難に出会ったとき、立ち向かうことができず逃げの姿勢になる。正直で他人に世辞《せじ》を言えない男だから、元元、浄瑠璃の太夫には向かなかった。東京へ出て来たとき、雪太夫は二度と生家の敷居は跨《また》がないと覚悟を決めていたに違いない。それが、いくら貧苦の底とはいえ、金沢へ足を向ける気になった。まだ若旦那の甘えが抜け切れていなかったのだ。

雪太夫が金沢へ戻ったのは年の暮だった。

彩子は危惧の念を抱いたのだが、雪太夫は独りで黄鶴楼に出向いて行った。帰って来たときは正体のなくなるほど酔っていた。翌日、彩子が訊くと、応対に出た洋次郎はけんもほろろの挨拶で、雪太夫は玄関で追い返された、と話した。

「あんたは、自分がどれだけ親不孝をしてきたか少しも判っていない」

と、洋次郎は言った。

「先代に早く病いが出たのも、あんたのことがいつも心痛になっていたからだ。母親だって同じこと。もう、何年も入院退院を繰り返している。その間の人手や入院費も莫大なものだ。あんたが息子だと言うのなら、当然、その費用の負担をしていいはずだ。それをおくびにも出さないばかりか、日頃お世話になっているの一言もない。逆に強請《ゆすり》めいたことを持ち出すとは何とも呆れた人間だ」

洋次郎は従業員に塩を撒かせた。

だが、雪太夫は諦め切れず、翌日、別れた妻をそっと呼び出した。先妻は、雪太夫の凋落《ちようらく》ぶりに驚いたが、金銭のことは主人委せ、自分には一銭の金も自由にならないのだと言って母親が入院している病院も教えず帰ってしまった。

そのことが、洋次郎の耳に入った。洋次郎は雪太夫の宿に怒鳴り込んで来た。

洋次郎は雪太夫に向かって、悪態雑言の限りを尽くした。それは聞き流しにすることもできた。だが、雪太夫は最後の言葉が宥《ゆる》せなかった。

「内の奴に何を言っても無駄だ。昔の情けを思い出してと言いたいところだろう。けれども、あの女はあんたのことをこればかりも思ってはいない。この際だから全部喋ってしまうが、あの女はあんたと一緒になる前、俺と出来ていたんだ。だから、あんたがいなくなったのは願ってもないことだったんだ」

雪太夫はこれには相当応えた。

彩子が止めるのも聞かず酒を飲み、

「あんな恩知らずはない。無一文の百姓の小倅《こせがれ》が黄鶴楼の主人に成り上がったのは誰のお蔭だ。あんな人でなしはない。叩き殺してやる」

と、わめき続けた。

それから、彩子は雪太夫を独りきりで外へ出すことができなくなった。すると、雪太夫は夜になって流しに出ると言い出した。

それが、精一杯の抵抗、ともならない嫌がらせだったのだろう。雪太夫は彩子と黄鶴楼のあたりを流して歩いた。惨苦のどん底にある雪太夫は、もはや、往時の声量もなく艶も失っていた。ほとんど、声を掛けてくれる客もなかったが、雪太夫は執拗《しつよう》に流しを続けた。雪太夫が流しに出るようになった三日目の夜、洋次郎が何者かに殺された。雪のちらつく、夜のことだった。

「ちょうど、わたし達が流しに出ているときのことでした。警察はわたし達の素性を調べたようで、わたし達は警察に連れて行かれました」

と、彩子は言った。

「師匠はああいう人でしたから、警察で全てのことを喋り、洋次郎に殺意のあったことまで認めました。わたし達はちょうどその時間、黄鶴楼の前にいたようです。わたし達が流していた姿を何人もの従業員や客が見ていたのです。わたし達はなかなか警察から帰してもらえませんでしたが、そのうち、洋次郎が殺されたのは、わたし達が黄鶴楼を離れ、卯辰見橋を渡って行った直後だったと証言してくれる人が出て、やっと釈放してもらうことができました」

雪太夫はその年を越してから、大量の血を吐いて死んだ。

洋次郎を殺した犯人は、とうとう見付からなかった。


脇田と赤石はタクシーを降り、浅野川沿いに歩いた。

「あそこです、黄鶴楼の跡は」

と、赤石が川向こうを指差した。

見るとかなり広い敷地だが、二、三階ほどの高さに鉄パイプが組まれ、建設会社の文字の入った灰色のシートが四角く張り巡らされていた。

「でも、近く迄行って見ますか？」

脇田と赤石は卯辰見橋を渡った。

近付くと、工事の騒音で耳が裂けそうになった。

「これじゃ、仕様がないでしょう」

と、脇田が言った。

工事はドリルやシャベルカーを使い、土地を深く掘り下げているようだった。

「黄鶴楼と同じ時代の建物でしたら、近くの東廓《とうかく》があります」

「そうか……じゃ、ついでだから案内してもらおうかな」

脇田は工事現場の正面にある、昔、毎晩、雪太夫と彩子が渡った卯辰見橋をもう一度振り返ってから赤石と歩きだした。

金沢は変っていくといっても、黄鶴楼の例はごくわずかなようだった。東京が震災や戦争で失ってしまったものが、まだ多く残っている。

小路に入ると、家家の佇《たたず》まいは昔の風情を漂わしていた。

「大旦那を一度ご案内したことがありました。このあたりがひどく気に入られましてね。また来たいとおっしゃって。結局、一度だけで終ってしまったのが残念です」

赤石は迷路のような小路を抜けた。

路の両脇に低い二階家が並び、紅殻格子と門灯が何となくなまめかしく華やかだ。どこからか三味線の音が聞こえてくる。その音は余所行きのものではない。ここで生活している人の音だった。

しばらく東廓を歩くと、赤石が言った。

「もう少し歩きますか。すぐ、寺町になりますが」

「……いや、もう少しここにいたい。そろそろ昼にしないか」

「そうですね。近くに蕎麦《そば》屋があります」

真新しい紺暖簾《こんのれん》を掛けた店だった。脇田は座敷に上がり、酒と天ぬきを注文した。

「ところで、あの黄鶴楼の事件だけれど、当時は大変だったろう」

「そうですね。一時は寄るとその話で持ち切りでしたね」

「で、どうだったの。殺された洋次郎という男は」

「あまり評判の良かった男じゃありませんでしたねえ。誰に聞いても同じです。横柄で人遣いが荒くて、客の前に出ると掌《てのひら》を返したようになるんですが、その裏が見え見えという奴。大体、この男、黄鶴楼へ養子に来たんです」

「そうらしいね」

「先代に一人息子がいて、若くて綺麗な女房までいたんですが、途中でちょっと変になり、新内に取り憑かれて家と女房を捨てて東京へ出て行ってしまいました」

赤石はそこで脇田を見てにこっとした。

「そうだったんですか。若旦那は新内語りが絡んでいるんでその事件に興味があるんですね」

「うん」

「じゃ、精しく話しますが、洋次郎は黄鶴楼の遠縁に当たる人間で、若旦那が捨てた女房の婿になって、黄鶴楼に収まったんです。ところが、今言うように、どうも性格が良くない。それを苦にしたのか先代が死に、先代の神さんが患い付くと、後は自由とばかり、見栄の強い男ですから、店を増築したりする。一時、傍目《はため》には威勢が良く見えたんですが、内情は多額の借金を抱えていて、洋次郎の死後、黄鶴楼がすぐ他人の手に渡ってしまったので、皆にそれが判ったんです」

「それで、事件は犯人が捕まらなかったとすると、相当複雑だったの？」

「いえ、反対なんです。警察だって最初はそう難しく考えていなかったみたいですね。正確な年は調べればすぐ判りますが、とにかく、十年以上前の年の暮。時刻は夜中の十二時近く。その頃、何人もの人が外から新内の流しが聞こえてきたと言っています。この流しというのが黄鶴楼の元の若旦那。初島雪太夫となって零落した人で、連れ弾きは雪太夫の後添いの女房だった人です。雪太夫は東京へ出てから一時は羽振りが良かったようですが、何かで失敗して、東北地方の温泉場を転転としていたらしいんです。最後はどうにもならなくて、黄鶴楼へ戻って来たのですが、先代はすでに亡く、母親は病気。養子の洋次郎からは乞食扱い、玄関払いされたそうです。それが、何日か前で、それから雪太夫は女房を連れて夜になると黄鶴楼のあたりを流すようになったんです」

「それを聞いて、洋次郎は心の痛みを感じたかな」

「普通の人だったらそうですが、洋次郎の心は漬け物石みたいでした。もし、雪太夫が客に呼ばれて座敷へ上がることがあったら、容赦なく席料を取れ。従業員達はそう言い渡されていたそうです」

「……ほう」

「その夜も、雪太夫達は東廓で仕事をした帰りで、しばらく黄鶴楼の前で流しを弾いていたんです。黄鶴楼の内では、組合の忘年会で酔って帰って来たばかりの洋次郎が、ロビーで茶を飲んでいました。時刻が時刻ですからロビーに客はなく、洋次郎独りでした。洋次郎は三味線の音を聞くと顔をしかめ、事務室へ入って行った。フロント――黄鶴楼では昔風に帳場と呼んでいたのかよく判りませんが、建てた当時は相当モダンだったでしょうね。西洋風の手の込んだ作りでした。そのフロントの裏がいつも洋次郎がいる事務室で、たまたまそのとき、ロビーやフロント、事務室にも従業員はいなくて、洋次郎一人だけでした。夜間勤務の女性がロビーに残された茶碗を湯沸室に戻す。そのとき、事務室からぎゃっという動物のような叫びが起きたんです」

「……」

「悲鳴を聞いたのは、その湯沸室にいた女性、エレベータから降りたばかりの従業員、それから事務室の隣にある溜まり場、と呼ぶんでしょうか、従業員の休憩室にいた三人で、その人達が駈け付けて見ると、事務室のドアが開け放されている、中を覗こうとすると、フロントの中が血の海で、その中に洋次郎が倒れてひゅうひゅうと息をしていたそうです。従業員はすぐ救急車を呼びましたが、洋次郎はそれが到着する前に死亡したのです」

「……傷は？」

「鋭い短刀のようなもので胸を一突き。ですが、その凶器はどこにも見当たりませんでした。犯人が持ち去ったとしか考えられません。その犯人なのですが、そのまま外に逃げ出した場合と、反対に黄鶴楼の中に逃げた場合。この二つが考えられるそうです。警察はその二手を徹底的に調べたらしいんですが、犯人の証拠となるような品物は何も出て来ませんでした」

「一時、雪太夫に容疑が掛かったらしいね」

「そうなんです。最初、そう報道されたとき、僕達もてっきりそうなんだと思い、雪太夫に同情したものでした」

「すぐ無実だと決められなかったのかね」

「最初、ほとんどの人が、どこからか流れて来た、ただの新内語りだと思ったからです。警察の調べで雪太夫が黄鶴楼の若旦那だと判ってから、それはと思い、何人もの証人が出たんです。溜まり場にいた何人かは、三味線が好きだったようで、雪太夫が来ると耳を澄ませて流しに聞き入っていました。そのうち、流しが遠ざかる。ほら、さっき卯辰見橋を渡ったでしょう。三味線がその橋を渡って川のせせらぎに掻き消えたとき、洋次郎の悲鳴が聞こえたのです」

「……つまり、二人が橋を渡り切ったとき？」

「そうですね。ですから、洋次郎が刺されたとき、雪太夫は黄鶴楼にはいなかった訳で。警察が調べを新たにすると、二階にいた何人かの客の中にも、流しが遠くなって聞こえなくなったとき、悲鳴を聞いたという人が何人も出て来たんです」

「なるほど」

「雪太夫はそれでもしつっこく取調べられたらしいんですが、凶器など持っていないし、当夜着ていたものに一滴の血痕もなかったというので、警察はそれ以上疑いを続けることが出来なくなったんです」

「……とばっちりなわけか。最後迄、運の悪い男だったんだな」

「そうですねえ。雪太夫はその年を越すとすぐ病死しました。東廓にある一軒の料亭の主人が、よく雪太夫の面倒を見てやっていたそうですが、残された女房を不憫《ふびん》に思って、自分の弟が忍火山温泉で湖北亭という旅館を経営している。その人の伝《つて》で湖北亭の近くに家を借りてやり、女房はそこで芸者に唄や踊りを教えるようになりましたが、今でもいるかどうか」

脇田と赤石は蕎麦を食べてから外へ出た。

疑惑が生じたのは、帰りの新幹線の中だった。金沢が遠ざかるにつれて、思考が土地とのつながりを解放したためだと言えそうだった。

走り去る窓外の景色は上の空で、思考はただ黄鶴楼での事件——彩子と赤石の話から事件全体の姿を組み立てるうち、脇田はふと伊勢崎の充棟堂を思い出した。充棟堂で新内の床本を見付けたときから、忍火山温泉の彩子へと、目に見えぬ糸のようなものがつながり始めたのだ。「弥次喜多」の床本――彩子――雪太夫。想念が往き戻りしているうち、充棟堂が体験した幽霊の新内流しのことが記憶に浮んできた。

夜の宿で聞いた流しの三味線が遠ざかって行く音。翌朝、窓を開けて外を見ると、目の下は断崖で、昨夜の流しは空中を歩いて行ったとしか考えられなかったという充棟堂の話。

その後、脇田が解釈した幽霊流しとはこうだ。思い当たればごく単純なことで、その流しは少しずつ三味線の音を小さく弾いていき、最後、消え入るように演奏を止めたのだ。

連続する音が遠くなれば、当然、音は少しずつ小さくなっていくという日常現象に慣れているから、人は逆に小さくなっていく音を聞くと、つい、その音が遠ざかっているのだと判断してしまうありふれた錯覚。充棟堂が聞いた流しは、その錯覚を応用しただけなのだ。多分、その流しは崖のある地形を知っている客へのサービス精神から、そんな芸を演じたのだろう。

――充棟堂が言った流しは、もしかすると、雪太夫だったかも知れない。

都外太夫の話だと、雪太夫の師、隅太夫は三味線の名手でもあって、一丁の三味線で本調子と上調子、二丁の三味線のように弾くいわゆるケレン弾きが上手だったという。その芸は雪太夫から彩子に伝えられて昨夜もそれをこの耳で聞いたばかりではないか。

彩子が外に出て行って流しを弾いたのは、脇田に聞かせるためではなかった。湖北亭の主人の耳に届けるのが目的だった。脇田の部屋で勤めを終え、彩子が湖北亭を去って自分の家に戻って行った──そう、主人が思うように、彩子は雪太夫から教えられた芸を使った。湖北亭の二階にいた脇田の耳には、彩子が湖の上を渡って行くように聞こえた。それを風のためだと早合点したが、本当は彩子のケレン弾きのため、そう聞こえたのだ。

一階にいた湖北亭の耳には、彩子が道を歩み去って行くと聞こえたろうが、その場所より離れた二階では、流しが湖を渡って行くように感じられた。

実際は彩子は湖北亭を去らず、しだいに三味線の音を低く弾いていた。そして、最後に掻き消すように演奏を止め、彩子は非常口から脇田の部屋に忍んで来た。

──もし、充棟堂のいう幽霊流しが雪太夫なら、そのとき、傍に彩子がいたかも知れない。

年代的にその可能性は充分考えられるだろう。

彩子がいれば、幽霊流しはもっとリアルに演出することができる。

つまり、二人がある距離をおいて演奏を続け、三味線の音を低めながら、二人が少しずつ接近する。そうすれば、ステレオ効果を生じて、遠ざかる音は一層現実感を高めるはずだ。

そこで、脇田の思考は飛躍する。

──事件のあった夜。雪太夫と彩子は、卯辰見橋を渡ったと見せ、黄鶴楼の前を動かなかったのではないか。

同じ手で、それができる。

雪太夫と彩子が卯辰見橋を渡って行ったと証言したのは、溜まり場にいた三味線の好きな従業員、二階の泊り客。いずれも、実際の姿を見たとは言っていない。二階の客も、窓を開ければ雪太夫が声を掛けるはずだから、恐らくは窓は閉めたまま、三味線の音だけを聞いていたに違いない。

そのとき、ロビーやフロントに人影がなくなったのがまたとない機会だった。かねて、打ち合わせておいた通り、雪太夫と彩子は、ケレン弾きを始めて、聞く者に卯辰見橋を渡って帰って行ったと思わせ、実際には黄鶴楼の前に。やがて、二人は三味線を止めて洋次郎のいる部屋に入る。

忘年会の酒で酔ってはいても大の男。雪太夫の細腕ではどうすることもできない。多分、彩子が一人で洋次郎の傍に行き、油断している隙を見て、いきなり後ろに廻って羽交い絞め。雪太夫が躍り掛かって洋次郎を一突き。二人はそのまま外へ逃れ、凶器の刃物は浅野川に沈める。しかし、返り血を浴びた雪太夫の衣服は？　運良く夜道を通行する者がなかったのだろうか。

脇田はその空想を繰り返すうち、その情景が目に浮ぶまでになった。情景ばかりでなく、雪の夜の寒さ、浅野川のせせらぎ、洋次郎の胸から吹き出る血沫《ちしぶき》、その悲鳴までが聞こえてくる。

脇田にはその事件が、殺人というより、雪太夫と彩子の心中と考えるのがふさわしいように思えた。

僧は経を唱えながら、墓石に彫られた文字を、細い杖のような仏具でなぞっていった。墓石の大きさは控え目すぎるほどだったが、苔《こけ》むした墓が多い中では、一際眩しく見えた。

読経の終るころ、雪がちらつきだした。

新しい墓の法要に立ち会ったのは、彩子と湖北亭の主人と脇田の三人だけだった。もし、雪太夫が知ったら何と思うだろうか。雪は乾いていて墓の上ですぐ水にならず、零《こぼ》れ落ちた何片かが、彩子の供えた菊の花弁の中に消えていった。

法要が終って、湖北亭の乗用車へ。すぐ、墓地が後になった。

「暮を迎えて、お忙しかったのではないんですか」

と、彩子が脇田に言った。

「いや、内の仕事は、暮は早く片付いてしまいます。僕達の仕事が廻って行く、仕立屋さんなんかがこれから戦争みたいになりますがね」

「それならよかった」

「知らない僕が言うのも変ですが、雪太夫さんにふさわしい、本当にいいお墓だったと思います」

「お師匠さんは偉い。とうとう、願いごとを果たしましたね」

と、湖北亭は言った。

「わたし独りだけではどうにもなりませんでした。みんなご主人や脇田さんのお蔭です」

と、彩子が言った。

「しかし、雪太夫さんの十三回忌にちょうど間に合った。古いが、因縁《いんねん》とでも言うのかな」

「不思議ですわ。脇田さんとお逢いできたのは本当の偶然でしたものね」

脇田はうなずいた。あのとき酔って小唄を歌わなかったら、彩子のことは永久に都外太夫の耳に届かなかったはずだ。

脇田は言った。

「本来なら、向こうから挨拶に来るべきなんですが、お師匠さんが大仰なことは嫌だということで、僕が一切を委されて来ました。もし、何かご希望があれば言って下さい。東京へ帰って伝えましょう」

「いえ、これ以上、何もありません。わたしが感謝していたと、伝えて下さい。それだけは忘れずにね」

「来年、早早、七代目初島五條の襲名披露があります。そのとき、東京へいらっしゃいませんか」

「はい。この前もお誘いを受けましたが、どうもその気になりません」

脇田も本心ではこの襲名に乗り気ではなかった。脇田はその方がいいと思った。彩子にとって本当の五條は矢張り雪太夫なのだ。

「脇田さん、お師匠さんをあまり誘わないで下さい」

と、湖北亭が言った。

「東京へ連れて行かれてしまっては、私達が困ります」

車が旅館に着くと、湖北亭の妻が玄関から飛び出して来た。

「あなた、大変よ。すぐいらっしゃって」

「どうしたんだ?」

「黄鶴楼事件の犯人が捕まったんですって。今、テレビでそう言っていました」

湖北亭は慌ててロビーに駈け込んだ。脇田と彩子もテレビの前に立った。

ニュースは別の報道に移っていたが、しばらくするとローカルニュースで詳細が報じられた。

それによると、犯人逮捕のきっかけとなったのは黄鶴楼で、建物はすでに解体されて江戸村に移されていたが、その復元工事中、担当の大工が、解体した一部から隠し引出しを見付けた。引出しの細工は実に精巧に出来ていて、解体したときには誰も気付かなかったらしい。大工が調べた結果、それは黄鶴楼のフロント、カウンターの下の部分で、苦心して開けて見ると、その中から多額の現金とともに、刃渡り二十センチほどの短刀が出て来た。

刃物と鞘は別別で、刃物の方には古くなった血のようなものがこびり付いている。普通ではないというので、大工が警察に届けたのが一週間前のことだった。

警察には、以前黄鶴楼で起こった殺人事件の資料が残っていて、照合するとその洋次郎殺しと関連がありそうだった。刃物はすぐ、警視庁の科学捜査研究所に送られ、その結果、いくつかの指紋が発見された。

それと同じ指紋が警視庁の指紋票の中に保管されていた。つまり、その人間には前科があった。三十五歳になる男で、窃盗の常習者。温泉宿で泊り客の金品を盗み、いつも刃物を持っているなどの習性があった。警察はそれらの点から、洋次郎殺しの重要参考人として手配していたところ、その男は昨夜になって、九州の小倉《こくら》で発見され、警察の訊問で洋次郎殺しのほぼ全面を認めた。

それによると、犯行当時、犯人は黄鶴楼へ投宿していたのだが、ロビーに人気がないのを見て、フロントに入って物色中、洋次郎に見咎《みとが》められ、咄嗟に相手を刺してしまった。

犯人の供述では、犯行の動機、犯行方法にまだ謎の部分も多く、警察は引き続き訊問を続けるのだという。

「警察の中には、まだ雪太夫さんを疑っている人もいるらしい」

と、湖北亭が言った。

彩子はハンカチを口に押し当てていたが、その言葉を聞くと首に青筋が立ち、顔を上げていられなくなってしまった。

雪太夫が残したという近江《おうみ》の銘が入った紫檀《したん》の三味線に象牙の撥。

彩子は心ゆくまで、雪太夫が得意だったという「正夢《まさゆめ》」を語った。

「黄鶴楼が完成したら、一度、江戸村へ行ってみないか」

「……そうね」

「気のない返事だね。嫌なのかい」

「嫌じゃありませんけれど、黄鶴楼が壊されると聞いたとき、ほっとしたことがあるんです」

「……なるほど。それが、また幽霊みたいに出て来てはたまらないね」

「でも、もういいんです。江戸村には浅野川も橋もないでしょうから」

「江戸村のはただの抜け殻だというわけか」

「……おかしいでしょう。十何年も古いことを引き擦って来て」

「その古風なところが得難いと思う」

「当人にとっては、災難みたいなものよ」

「やっと、今日で引き擦っていたものが切れた？」

「いいえ。もっと、前から」

「……もっと前？」

「わたしが脇田さんに、うんと言ったときから」

「そうか……特別な日、というのはそのことだったんだね」

一度醒めた瞼《まぶた》から頬にかけて、少しずつ血の色が戻って来た。あのときのことを思い出すとともに、自《おの》ずとその夜の記憶も甦《よみがえ》ったに違いない。彩子は身体を崩し、足袋《たび》の鞐《こはぜ》を締め直した。

「ここの雪は積もるのかね」

「あまり深くはならないわ」

「君と一緒にずっと雪に閉じ込められていたいな」

「……どのくらい？」

「一生」

「それじゃ、困るでしょう」

「何が？」

「脇田さんは大望を持っているんじゃありません？」

「……」

「今は、冬籠りでも」

「すっかり、忘れていた」

「どんな大望なんですか」

「親の仇」

「嘘」

「嘘なもんか。僕の親父は時代の移り変りに怨《うら》みを残して死んで行った」

「……時代が仇だと、どう討ったらいいんですか」

「僕にも判らない。まあ、いいさ。時を待つうち忘れてしまうだろう。まさか、返り討ちにもなるまい」

「助太刀がしたいわ。恩返しに」

「だったら、また忍火山追分を聞かせてくれないか」

「それが助太刀になりますか」

「なる。大いになる」

彩子は三味線を取り上げた。

雪は止みそうにない。

駈落

「あら、嬉しい。明るくなりましたわ」

大竹《おおたけ》夫人は玉露を丁寧《ていねい》に入れ終ると、庭を見上げた。

陽差しが一気に明るくなり、梧桐《あおぎり》の若葉がきらきらと雨の雫《しずく》を輝かせる。

「随分よく降り続きました」

征次《せいじ》は雲の切れ間から顔を出した青空を見て、急に落着かなくなった。が、顔には出さず、強いてゆっくりした態度で九谷《くたに》の茶碗を手に受け、さり気なく口を付ける。

「では、お着物をお預りしましょう」

夫人は静かに立って、奥の部屋に行く。その隙に征次は急いで茶を飲み干した。

しばらくすると、夫人はきっちりと畳んだ数枚の着物を抱えて戻って来た。

「洗張《あらいは》りをするのなら、解いて端縫《はぬ》いぐらいして置きなさいと言ったんですよ。でも、何やかや忙しがっていましてね」

夫人は征次の横に着物を置いた。

「お嬢様はお元気ですか」

口は落着いているが、手の方は敏捷《びんしょう》に鬱金《うこん》の風呂敷包みを畳の上に拡げる。

「お蔭様でとても健康なの。悪阻《つわり》も割に軽い方だったし」

「元元がお元気でいらっしゃったから」

「でも、夏に向かいますからね。当人は大変でしょう。更征《さらせい》さん、お宮詣《まい》りの初着《うぶぎ》は絽《ろ》にするのかしら？」

征次はちょっと手を止める。

「いえ。お詣りは少し先《さ》きに延ばしても、袷《あわせ》の方がよろしいでしょう。後後、お召しになることがございましょうから」

すぐ、横積みに重ねられている数枚の小紋や無地物に手を伸ばし、一枚一枚に目を通してから袖畳みにして風呂敷の中央に置く。

「女の子だといいわね。きっと、お正月には着物を着たがるわ。男の子でも紋付きを作るの？」

「ええ。最近、男のお子さんには熨斗《のし》目を着せる方が多くなりました。先様《さきさま》のご紋は丸に四つ目でしたね」

「そう、四角くて野暮《やぼ》な紋。実家で祝着《いわいぎ》を作るんですから、実家の紋ではいけないの？」

「土地土地で習慣が違うようですね。先様がそれで良いとおっしゃれば」

「……きっと良いとは言わないわ。それでなくとも、あの姑《しゅうとめ》は格式張っていて……」

征次は全ての着物を調べて風呂敷に包んだ。預り伝票に着物の種類と点数を書き加える。

夫人は玄関迄《まで》送って来た。

「更征さんはいつもお忙しそうね」

「なに、貧乏閑《ひま》なしの見本みたいなものです」

風呂敷包みを荷台に積み、オートバイを発車させる。外の光は眩《まぶ》しく、風は爽やかだった。当分は雨が続くというのでつい大竹家へ寄る気になったのだ。家では張物《はりもの》が山になっている。この季節の晴天の一刻は千金に値する。全く、天気予報に文句を言いたいほどだ。

大竹家は一番古く、一番遠い得意だった。オートバイで往復小一時間は掛かる。元、更征の店の近くに住んでいたのだが、二年前に郊外へ家を建てて越して行った。しばらくして電話があり、どうもこちらの職人の仕事が気に入らない。また、洗張りを頼みたいと言う。腕を見込まれては断わるわけにはいかなかった。もっとも、そのために娘の嫁入支度の誂《あつら》えがあった。今度の出産で祝着、すぐ七五三で当分は注文が続きそうだった。更征にとって上得意の口だ。

小僧がいれば何のことはないと思う。征次が仕事を覚えた本店では、店の主人が余程のことでないと得意廻りなどしなかった。外廻りは小僧や番頭の仕事だった。現在、小僧が欲しくとも、なり手はいないし、給料も払えない。食わせて、仕事を教えてやるだけで何人も小僧が使えたような時代はもう来ないのかも知れない。

早稲田《わせだ》の店に着き、オートバイを裏手の張場《はりば》の隅に駐めると、妻の好子《よしこ》が待ち兼ねたように洗場から出てきた。

「あなた、白山《はくさん》が亡くなったんですって」

「本店……親父が？」

「そう。三十分位前に電話があったわ」

「……昨日も会った。とても元気だったよ。それが、どうして？」

「張場に出て、倒れたんです。急に来た脳溢血《のういっけつ》ですって」

征次は陽が燦燦《さんさん》と降りそそいでいる張場を怨《うら》めしそうに見渡した。

「何も、こんなときに限って……」

「あなた、親父さんの死より仕事の方が大切なの？」

「判っているよ」

征次は張場の縁先きからじかに部屋に上がってジャンパーを脱ぎ捨てた。好子が洋服箪笥《だんす》から背広を取り出す。

「親父は今年、六十だな」

「そう、わたし達より二十上だから。店はどうなるんでしょう」

「絹男《きぬお》はまだ大学生だ。卒業しても更精《さらせい》を襲《つ》ぐ気はないだろう」

「織子《おりこ》ちゃんはまだ高校ね」

「今時、悉皆屋《しつかいや》へ婿《むこ》養子に来て働こうなどという若い男はいやしないよ」

「でも、すぐ廃《や》めるわけにもいかないでしょう」

「まあ、当分は俺達が面倒を見てやらなきゃならなくなるだろうな」

「まだ、死ぬ年じゃないのに」

「でも、随分飲んだ。その点じゃ、思い遺すことはないだろう」

「あなた、間違ってもそんなことを白山で言っちゃ駄目よ」

「判ってるよ。今日、来るお客さんは？」

「お昼過ぎ、箱崎《はこざき》さんが仕立物を取りに来るわ。それだけね」

「じゃ、よかった。箱崎さんが帰ったら、すぐ白山へ手伝いに来てくれ。箱崎さんのお喋《しゃべ》りに付き合うんじゃないぞ。子供達は？」

「まだ、給食が始まらないから、お昼には帰って来ます」

「そうか。じゃ、大人しく家で留守番をしているように言うんだな」

黒い服を着てオートバイでもあるまい。征次は店の前に立って、タクシーを止めた。

征次の主人は、本名鈴木《すずき》精一郎《せいいちろう》。四代目の更精を襲ぎ、小石川《こいしかわ》の白山で父親の代から悉皆屋の店を開いている。

初代と二代目は浅草《あさくさ》で、更紗《さらさ》が専門の呉服屋だった。三代目になると、更紗が下火になり、染《そめ》や洗張りなどの注文も受けるようになった。白山に移ってからは呉服悉皆の看板を上げたが屋号は代代の更精を変えていない。

悉皆とは着物に関係するオールという意味である。呉服に関する全ての注文を受け、どんな相談にも応じるコンサルタントの仕事も請け負う。悉皆などという難しい漢字を当てたのは、その時代から日本人には外国を気取る趣味があったのである。

征次は信州《しんしゅう》の農家の次男で、縁者を通じ、高校を卒業すると、すぐ、更精で働くようになった。それから、丸十年、更精に奉公し、独立して早稲田に店を持ち、好子と結婚した。若かったが、よく辛抱したと思っている。更精には伸《のぶ》さんという先輩がいたが、征次が来てから三年で更精を出て行ってしまった。それから、征次の仕事は二倍になった。

更精は洗張りや湯通しは自分の仕事場で手掛け、染や仕立ては専門の職人に廻す。征次の店もその方法を襲いでいるのだが、毎年春秋、季節の替り目には特に忙しくなる職業だった。小僧の征次は毎朝一番に起きて、店の掃除、晴れの日は反物《たんもの》を洗って張場に運び伸子《しんし》を掛けて糊《のり》入れをする。雨の日は湯熨《ゆのし》、解き、端縫い、仕上げ。雑用はいくらでもある。夜になって、自転車に反物を自分の背丈ほど積み上げ、仕立屋、染屋、抜き屋、塗り場などの職方を廻り、十時を過ぎなければ自分の時間にならなかった。

その時代、どの職人も夜中迄働いていた。主人の精一郎も働き盛りで、征次が休みを貰《もら》う一日《ついたち》十五日にも店を閉めなかった。会合や寄合があると、そのときだけは酒を飲み、帰宅は夜中過ぎになった。

精一郎は働き者で、客扱いの上手な男だったが、征次には主人のあまり良い思い出がない。ただ、酷使されたという被害者の印象だけが心に焼き付いている。好子の言うように、支店を出してくれた恩人には違いないが、それは十年の労働で充分以上に報いたと思い、なかなか感謝に結び付かないのだ。

だから、自分の店を持つとき、本来なら「更精」の家号を襲ぐはずだが、征次はそれが嫌だった。

「ああ、いいよ。自由にしなさい。更精なんて、大した名じゃないから」

主人はいつもの人当たりの良い笑顔でそう言ったが、征次にしてみればそれが精一杯の反抗だった。

白山の店はカーテンが閉まっていた。中に入ると、張場に面した部屋で、妻の友枝《ともえ》と長男の絹男が、呆然とした表情で精一郎の枕元に坐《すわ》っていた。友枝は征次の顔を見ると、救われたように夫の死んだ様子を話した。碌《ろく》に挨拶《あいさつ》をする間もない。

精一郎は征次とまるで同じで、青空が見えだすと落着かなくなり、急ぎの品物を持って張場に出て、そこで倒れた。友枝が気付いたときには、既に意識がなかった。死顔は血色が良く、寝ているとしか見えない。

「……仕事をしながら死ぬなんて、父ちゃんらしい」

友枝は「死ぬ」という言葉を強く言った。まだ、夫が死んだという実感がなく、自分に言い聞かせているようだった。

少し前、寺に連絡し終えていて、通夜《つや》は今日の六時から、葬儀は翌日に決まっていた。次の日は友引でその前に全てを済ませた方がいいという住職の助言だった。それを聞いて征次はほっとした。葬儀が友引と重なり、延びればそれだけ仕事に影響する。

「それで、通知の方は?」

と、征次は訊いた。

「……征ちゃんと、子供達。それから組合長さんだけ。その他の人達はよく判らなくて」

友枝は心細そうに言った。

それでは、ほとんど通知をしていないのと同じだ。友枝は店に出て客と応対するのが苦手で、洗場や張場にいることが多かった。

「じゃ、連絡は僕が引き受けましょう。今年の年賀状を持って来て下さい」

征次は店に行って電話の前に坐り、電話帳を繰った。電話帳には征次が書き加えた字も残っている。十五年ぶりに見る電話帳には懐かしい名前が多くあった。

葉書の束の中に伸さんが送って来た年賀状が見付かった。更精を辞めてからも、律義に年賀状は送り続けているらしい。試しに電話をすると、女性が出た。仲さんの妻のようだが精《くわ》しく尋ねている場合ではない。征次は通夜と告別式の日と時間だけを告げた。

そのうちに葬儀社が到着し、張場に面した部屋が片付けられ、精一郎は納棺され、祭壇が設けられる。前後して次女の織子が高校から帰って来る。精一郎の弟で、巣鴨《すがも》で紋糊屋《もんのりや》をしている精二郎《せいじろう》、千石《せんごく》の染色材料店のところに嫁に行った長女のまゆ子が男の子を抱えて飛んで来る。

征次は電話の連絡を済ませると店を片付ける役を買った。十年も更精で働いていたので店の様子はよく心得ている。あらかたの品物は大戸棚に収め、机や道具箱を洗場に運び込む。道具の一つ一つには主人の匂いが染み付いている。少し前迄、精一郎は自分の道具箱に他人が手を付けるなどということは考えてもみなかったろう。死とは敗北だ、と征次は思った。

医師の死亡診断書が必要ですと、葬儀社の世話役が言っている。征次はちょうど手が空《あ》いたところだったので、上着を脱いで自転車に飛び乗った。医者は何度か診てもらったことのある征次を覚えていて、

「あんた、更精さんのところにいた若い衆《し》さんだね。いや、立派になった」

と、誉《ほ》めた。

店に戻って葬儀社の世話役を探そうとして居間の傍を通り掛かると、中から声が聞こえてきた。立ち聞こうとしたわけではなかったが、自然に足が止まった。

「……じゃあ、更精もいよいよ四代目限《き》りかね」

と、精二郎が言っている。

「あら、勿体《もったい》ない。折角《せっかく》、良いお得意さんが沢山《たくさん》あるのに、廃めることはないでしょう」

これは、長女のまゆ子の声だ。それに、友枝が答える。

「だってお前、わたし一人じゃどうすることもできないわよ」

「しばらく、絹男は手助けをする気はないのかしら」

「それは無理だわ。父さんは絹男には使い走りもさせなかったもの」

精二郎が言う。

「兄貴もこう早く死ぬとは思わなかったんだろうな。判っていりゃ絹男に仕事を教えているさ」

「絹男もまだこれからが大変ね」

と、まゆ子。

「大学はあと二年、それから、司法試験があるわ」

と、友枝が答える。

「でも、矢張り勿体ないわ。職人は雇えないの」

「今時、そんな職人はいやしないよ。いたとしても、父さんの仕事を見て知っているだろ。なまじの職人が五人や六人寄ってたかっても、父さん一人の働きに追い付けないよ」

「それじゃ、困るでしょう」

「別に困らないよ。父さんが広い張場を残していってくれたから、ビルでも建てて、部屋を人に貸して借金を払い、絹男と織子ぐらいの学資は出せそうだよ」

「そんな話があるの？」

「話は年中ね。もっとも、父さんは耳も貸さなかったけれど」

「張場がなくなれば、仕事はできないわね。でも、更精がなくなるのは惜しいなあ。織子に婿さんて話はないの？　婿さんが一人前になるまで征ちゃんに面倒を見てもらってさ」

「征ちゃんなら片腕になってくれるかも知れないけど、わたしはあの苦労を織子に繰り返させたくはないわよ」

「本当……この仕事はおかみさんも重労働だわね」

「女だてらに長靴をはいてさ、張場へ出れば色が真っ黒になるしさ」

「でも、母さん。ビルを建てて家に引っ込んで、それで淋しくはないの」

「ちっともね。わたしはお嫁に来たときから、こんな嫌な商売はない。廃めたい廃めたいと思って来たんだもの」

征次はそれを聞いて、主人の被害者は自分だけではなかったのだと思った。

夜になると湿気が去り、風が爽やかに斎場を通り抜ける。

弔問客は口口に、暑くも寒くもないときを選んで、良い仏だと誉めたが、征次にしては閑な夏場であって欲しかった。

征次は町会の役員と一緒に受付に立ち、妻の好子は勝手に入ったきりで一度も外に出て来ない。弔問客の多くは征次の顔見知りだった。更精の得意筋が安定している証拠だ。久し振りに見る一人に、伸さんがいた。

「征ちゃん、まだ洗張りやってんの?」

伸さんは弔問というより、昔の店がどうなっているか、偵察に来たという感じであたりを見廻した。

「他には僕にできることがありませんよ」

「今、洗張り物をクリーニング屋へ持って行っちゃう客が多いんだってね」

家のお得意にはそんな人はいませんと言おうとしたが、口にはしなかった。伸さんは更精にいたときよりずっと色白になっていたが、とても堅気とは思えない素振《そぶ》りで、何か真面目《まじめ》に話すことができなかった。

「伸さんは今、何をしているんですか」

伸さんは答える代わりに、鮨《すし》を握る形をした。

「良いよ、照り降りがなくって」

そうして、斎場の方にいなくなった。

空元気《から》だとしても、伸さんにはまだ若さがあると思った。だが、次次と弔問に来る職人達は少し見ないうちに、ほとんどの人が年を取った。長年の力仕事で、手足が節くれだち、顔は老けたというより、頑固な性格のためにねじ曲げられた感じだった。征次はいずれ遠くないうち、自分もそうなるのかと思うと、背筋が寒くなるような気がした。

八時を過ぎると、弔問客もまばらになる。精一郎の同窓生らしい数人が斎場に向かった後、征次は町会の役員にねぎらいの言葉を言って、通夜ぶるまいの席に行かせ、自分一人が受付に残った。

一服付けようとしたとき、急ぎ足で来る喪服の女性に気付いた。黒羽二重《くろはぶたえ》の五つ紋に鼠繻子《ねずみじゅす》の蓮の染帯。征次は立って、香典を受け、何気なく女性の顔を見て、思わず息を詰めた。

女性は征次より三つ年上のはずだが、四十にも見えない。征次はうつむいて記帳している女性の、豊かに結ばれた髪を見ているうち、胸が熱くなってくるのが判った。

女性は記帳を済ませると、顔を上げた。昔はぴんとはねあがっていた目尻が力を失って、それが柔らかな色気に変っている。白い額はやや広めで、細い鼻筋は昔のままだった。

「……由利《ゆり》さん」

相手は固い表情だった。

「お忘れですか」

唇が少し動いた。笑い顔を作りたいのだが、場所柄を考えているのが判った。

「忘れるものですか」

由利の視線がからみ付いてくる。

「あのときは、ほんとうにお世話になりました。きっと、今でもひどい女だと思っていらっしゃるんでしょうね」

「と……とんでもない」

征次はもどかしかった。何年もの思いが、一向、言葉になって出て来ない。

「ひどい女などと、とんでもない」

口惜《くや》しいが、由利の言葉をなぞって否定するだけだ。

「そうですか。あなたは昔から優しい人でしたから」

新しい弔問客が来た。由利は軽く頭を下げて、後ろ向きになって歩き出した。喪服の背紋が見えた。「結び木瓜《もっこう》」だった。

伸さんが斎場から帰って来て、由利と擦れ違った。伸さんはしばらく由利の後ろ姿を見ていたが、受付にいる征次の傍にやって来た。

「……凄い美人だ。誰だね?」

「さあ……」

征次は言葉を濁《にご》した。

「職人のかみさんにゃ見えないね」

「そう」

「同級生にしちゃ、年が違う」

「うん」

「真逆《まさか》、親父のれこじゃねえだろうな」

伸さんは小指を立てて見せた。

征次は少し笑って首を振っただけだった。本当のことは誰にも言えない。由利が白山の「若《わか》むら」で芸妓だったこと。無論、征次が更精にいた頃、由利と知り合い、駈落までした仲だったことも。

「でも、ちょっと年増だな。俺は織ちゃんみたいな方がいいな。織ちゃんのおしめを取り替えてやったことがあったな」

伸さんはそれから二言三言卑猥《ひわい》なことを口にしてから帰って行った。

征次は由利のことが頭から離れなくなった。

由利と駆落したのは、わずか三日だったが、どちらかというとほとんど灰色に近いこれまでの人生で、その部分は今でも色彩鮮《あざ》やかに輝いている。その三日間だけ、征次はスポットライトの当たった主役であった。

征次は由利から渡された香典包みを見た。「門脇健夫《かどわきたけお》」という男の名が書かれていたが、薄墨の流麗な筆使いは明らかに女性の手蹟《しゆせき》だった。

その夜、征次は香典の集計や雑用に追い廻され、とうとう由利と再会することができなかった。


由利と駆落をした年、征次は二十三歳。

人生の岐路というと大袈裟《おおげさ》だが、人並みに自分を思惟《しい》し、行く方を迷っていた時期があった。このまま、仕事を続けながら老い、後悔しないのだろうかと。今、考えれば、青年期の高慢と不平とが焦りになっただけのことなのだが、その感情は相当に長い期間、深く心に低迷していた。

高校を卒業した頃は、東京での生活に憧れを抱き、それなりの希望を持っていた。更精に住み込みで働くようになった最初のうちは、仕事を覚えるのと忙しさで他のことを思い煩《わずら》っている閑などなかったのだが、そのうちに仕事に慣れると、毎日の生活はただ忙しいだけで単純そのものに思えた。数人の家族と毎日顔を合わせ、東京といっても、自転車で一廻りするだけのごく狭い行動範囲。一日、十五日の休みには映画見物がせいぜいで、他の遊び方を知らなかった。

郷里の同級生達が、悠悠と東京の大学生活を楽しみ、希望に輝きながら大会社へ就職して行くのを見ると、焦りは一層大きくなった。伸さんが更精を辞めていなくなったことも征次を不安にさせた。

「もう、着物なんかはな、古くなったからといって、解いて、端縫って、洗張りして、縫い直すような時代じゃなくなるよ。使い捨ての時代なんだ。せいぜい一度ぐらいは手を掛けるだろうが、丸のままドライクリーニングするぐらいさ。洗張り屋の手になんか渡らなくなるぞ。第一、親父の頭は古すぎる。ただ偏屈で口に出すのは小言だけじゃねえか」

と、伸さんは更精を辞めるときそう言った。

征次は伸さんほど器用でも、人当たりが良いわけでもないことはよく知っていたが、それでも主人に隠れて、職業安定所に出入りしたこともあった。本気でもっとやり甲斐のある仕事を探したのだ。由利と駈落したのはその年のことだ。

どちらかといえば無口、心にない世辞《せじ》を言うことができないから、腕に職を持つのがいい。そう自分でも納得して更精に来たのだが、この職業はただ上手に着物を仕上げるだけではなく、客扱いもかなり大切な仕事なのである。更精の収入の半分以上は、洗張りなどの工料ではなく、直接、呉服や小物を売った利益である。従って、商人の才能も必要だということは更精に来て初めて知った。征次は得意を廻って品物を売り付けたり、掛け金を取り立てたりすることが最初から苦手だった。

といって、人付き合いが全く駄目、というのでもない。更精の仕事をしている職人達には受けが良かった。征ちゃんなら、と言って、無理な急ぎでも引き受けてくれる職人も多かったし、進んで冗談を言って相手を笑わすこともできた。要するに、口先だけで相手を丸め込み、自分の利益を作ることになると、これはもう最初から才能がないとしか考えられぬほど空下手《からへた》なのだ。

主人は征次の性格をちゃんと見抜いていて、強いて客に応対させたり、得意廻りをさせたりするのだが、最後迄馴染《なじ》めなかった。中でも頭を痛めたのが、三業地《さんぎょうち》にある何軒かの得意だ。

主人は間違ってもすばしっこい伸さんを三業地へは使いにやらなかった。自分が行くか、征次にやらせる。征次は女だけの世界に足を踏み入れるのが恐くさえ思えた。

三業地に入るだけで征次の感覚は鋭敏になって、脂粉《しふん》の匂いや遊蕩《ゆうとう》的な三味線《しゃみせん》の音に落着かなくなった。そうした場所にいる女性を全く知らなかったし、ましてその楽屋での女性は想像することもできないわけだ。三業地に出入りするようになったばかりのころだが、注文を聞いていると、他の女が鏡の前で双肌《もろはだ》脱ぎになって化粧を始めた。女にとっては何でもないことなのだろうが、征次はかっとして目眩《めまい》を起こしそうになった。

普通、昼過ぎに裏口から入り「おかあさん」と呼ばれる女主人を通じて女達の部屋に通されるのだが、職人に対するおかあさんは大方横柄で欲が深く、あらぬ難癖を言っては値切ることしか考えていなかった。女達はほとんどがむら気で我儘《わがまま》、無理な注文や期日を平気で言った。夜ともなればそれぞれに装い、それなりの苦労で客に対するのだろうが、昼間の部屋はいつも怠惰《たいだ》で不行儀な空気が澱《よど》んでいて、しばらくいると自分までがだらけてしまいそうだった。

そのうち、口だけでどうにでもなる種の人間の集まりだということが判ってきた。しかし、元元、駈け引きが下手なので、それを見抜いても、利益につなげる気にはならないのだ。

三業地は古くから更精が出入りしていた。女達の応対が嫌でなければ、仕事の率は良かったのである。第一、素人《しろうと》のように、汚れが生地の芯《しん》まで食い込むほど着込まない。春秋の衣替えには必ず洗張りに出すので、解くにも洗うにも楽だったし、当然、反数も多い。支払いにだらしない点はあるが、買い方はためらいがない。更精はそうした点を計算に入れて、品物は一般とは高めの値を付けていた。

征次はそうした駈け引きがだめだったので、自分の店を持つとき、三業の得意だけは譲ってもらわなかった。気骨《きぼね》を折るより、多少、面倒な仕事の方を選んだのだった。それほど、三業の女達を敬遠していたのだが、一人だけ、心に疼《うず》きを感じる女性がいた。それが、若むらの由利だった。

若むらは白山で一、二を争う待合割烹《かっぽう》店で、由利は抱えの芸妓、芸名を由利香《ゆりか》と言った。由利は征次が知っている中で、取り分けて清純な感じだった。着物の扱いが丁寧で、出入りの職人に対する言葉も穏やか。芸熱心で閑があると三味線を抱えていた。年は征次より上だったが、若むらでは一番後輩で、その点でも征次は親近感を持った。

由利への想いは日増しに熱くなったが、勿論《もちろん》、外へは出せない。ただ、由利の出した着物は特に念を入れるぐらいだが、女達はそういう関係に鋭かった。

牡丹《ぼたん》という、肥《ふと》って唇の厚い、赤い柄を好む女が若むらにいた。たまたま、部屋には誰もいなかった。仕立物を届けると、最初から変に光る目で見詰めていたが、そのうちねっとりした感じで征次の手を取り、胸元に導いた。

「あんた、わたしと寝たいとは思わない？」

征次は驚いて牡丹を突き放したが、そのとたん、がらりと態度を変えた。

「お前のところなど、あたしの口一つでいつでも出入り止めにすることができるんだ。お前が気に入っている由利香なんざ、本当は脂の抜けた木偶《でく》なんだよ」

その誘いは、明らかに更精で嵩《かさ》んでいる支払いを棒引きにするための手管とは判ったが、最後に本心を見抜かれ、征次は真っ赤になるのが判った。心を見せまいとする日頃の姿が、逆に色恋の専門家には易易《やすやす》と見抜かれていたのだ。当然、征次の態度は若むらで話題になっていて、由利自身の耳にも入っていたに違いない。だから、牡丹は態《わざ》と征次を挑発したのだ。

それ以来、由利の顔はまともに見ることもできなくなった。

由利が話があると言う。六月の、雨の降る日だった。それまで、仕事以外のことで口をきいたことはなかった。

指定された喫茶店で待っていると、由利は眦《まなじり》を決した表情で来て、わたしを連れて逃げてくれと哀願した。理由を訊くと、名は言えないが、ある人に気に入られ、落籍《ひ》かされる話が持ち上がっている。けれども、どうしてもその相手を好きになることができない。といって、恩義のあるおかあさんには絶対に我儘は言えない。だから、わたしを連れて逃げて欲しい。

考えれば大きな盗みにも等しい。反面、夢のような由利の言葉だった。

「ずっと、あなたは優しい方だと思っていました。誠実な方なので打ち明ける気になりました」

と、由利は言った。

その日、束の間だったが、初めて女性を知った。

日頃の焦りと、由利への慕情が駈落を決心させたのである。

主人には郷里の叔父が危篤《きとく》だと言った。ちょうど、忙しい時期が一段落したときでもあって、主人は嫌な顔をせず、意外な額の見舞金と旅費を征次に渡した。

上野《うえの》駅のホームで、由利の顔を見る迄、その約束が信じられなかった。約束の時間きっちりに、小さなボストンバッグを下げた由利が来た。そのときから、征次は物語の主人公になった。

信越《しんえつ》本線で戸倉《とぐら》まで。戸倉に由利の友達がいて、勤め口を見付けてくれることになっているという。戸倉にも紺屋や洗張屋があるだろうから、自分も働くと言うと、由利は当分仕事のことは考えないで下さいと言った。

由利が予約しておいた宿は、千曲川《ちくまがわ》の川沿いにある今西《いまにし》別館という二階建ての旅館だった。旅行シーズンが終った時期で、二人が借り切ったのとほとんど同じだった。

今西別館で丸三日過した。

高原を歩き、白樺湖《しらかばこ》にも足を伸ばした。わずか三日だったが、三年間が凝縮したように充実した日日だった。その期間、確かに、世界は征次を中心にして動いていた。目に入る何もかもが、きらきらと輝いて見えた。若むらの牡丹が、由利香は脂の抜けた木偶だと評したが、それは単なる中傷に過ぎなかったことも判った。由利の血は熱く、むしろ饒舌《じょうぜつ》ともいえる肢態で女の喜びを征次に伝えた。

「でも、これは、本当は、いけないことなのね」

三日目の夜、征次の腕の中で由利はつぶやいた。

「若むらも、更精さんも困ることなのだわ」

「……そんなこと、最初から判っているじゃないか」

「でも、いけないことなのだわ」

征次は由利が考えていることが判ってびっくりした。

「僕を、嫌いになったのか？」

「お願い、そんなこと言わないで」

由利は泣きだした。

「あなたを思うから、わたしは若むらへ帰ろうと思うの」

「それで、嫌いな男の玩具《おもちゃ》になる気か?」

「ええ」

「僕は、放せない」

「今なら大丈夫よ。短い夢を見たのだと思って下さい」

「僕は、どうなるんだ」

「更精さんにいた方が、末はいいと思うの。だから――」

「僕は、嫌だ」

その夜、寝られなかった。

実際、激情が静まってみると、このままでは、将来の成算はまるでないことが判った。勤めるにしても、田舎《いなか》の職人では由利と世帯を持つ収入が得られそうにもない。とすれば、由利も勤めることになるだろうが、再び芸妓はやらせたくない。せいぜい、旅館の仲居ぐらいしか働く場所はないだろう。由利の器量があれば、言い寄る男も出ても不思議はない。その男は金に物を言わせるかも知れない。こう考えると、悲観的な材料だけが揃って、明るい見通しはどこにもないように思えた。

「あなたは若い時分から大人と一緒に働いて苦労しているから、分別があるはずです」

翌日、由利は言った。

「わたしも、一時の気の迷いから、あなたにひどいことをしてしまいました。わたしはもう一苦労してみますから、あなたもわたしを忘れて下さい」

そして、征次の前に両手を付いた。

二人は揃って上野行の切符を買った。若い盛りだった。決着を付けるため、上野のホテルで別れを言ってから、それぞれの主人のもとに戻った。

征次が叔父は持ち直しましたと報告すると、主人はそれは良かった、とだけ言った。

しばらくして、若むらに使いに行ったが、すでに由利の姿は見えなかった。

「由利香はね、玉の輿《こし》に乗ったよ」

と、牡丹が言った。だが、征次は牡丹の言葉を信じなかった。そして、極彩色《ごくさいしき》の夢だけが残った。


征次はハイヤーとマイクロバスの人数割りをしていたので、精二郎の会葬お礼の挨拶をろくに聞いていられなかった。

霊柩車へ棺が運び込まれると、僧侶や親類をハイヤーに案内し、残りの会葬者達を二台のマイクロバスに振り当てる。妻の好子と子供は残って料理の手伝い、征次は最後に二台目のマイクロバスに乗った。由利がその車に乗り込んだのを見たからだった。

車はほぼ半分の席を会葬者が占めている。由利は後ろの席に独りで坐っていた。征次は目礼して、由利の隣に腰を下ろした。

「……十五年も、全く気付きませんでした」

と、征次は言った。

「この喪服、更精で誂えたんですね。結び木瓜、珍しい紋だから覚えているんです。僕がこの生地を持って、黒染屋や仕立屋へ廻したことも覚えています。由利さんは、本当に僕の近くにいらっしゃったんですね」

由利は淋しく笑った。

「結び木瓜の定紋で、門脇さんというと、ご主人は歌舞伎《かぶき》の門脇杜衡《とこう》さんですね」

由利はうなずいた。

杜衡は更精の古い得意だった。届け物をしても、直接杜衡と会ったことはないが、口喧《くちやかま》しい番頭がいたのを覚えている。杜衡は渋い中堅役者で、現在、六十は越えているはずだった。

「……杜衡さんとは最初から?」

「ええ。杜衡の先妻が病弱で、五年前に亡くなりました。わたしには杜衡の子がいましたので、やっと……」

「それは——あなたの言った通りだ。辛抱した甲斐があったんですね」

「でも、それまでは地獄も見て来ましたわ」

「……そうでしょうね」

「あのとき、若むらに戻って来なかった方がよかったと、何度思ったか知れません」

「それは、言わない約束でしょう」

「そうでした。あなたを見て、つい思い出して……」

由利は口に掌を当て、咳《せき》をしたが、咳とは関係なく、肩が細かく動くのが判った。急いで黒いバッグから白いハンカチを取り出す。征次の視線に出会うと、由利は間が悪いような表情をした。

「……あなたの店も、順調に伸びているようですね」

「親父から聞いていたんですか」

「ええ」

「しかし、変だな。親父は生きている間、あなたのことは僕に何一つ言ったことがなかった」

ふと、征次にある疑問が起こった。征次の人生が崩れ落ちるほどの予感だった。征次は口にするのが怖かった。それを言うにはやっとの思いだった。

「もしかして……親父は僕達のことを知っていたんじゃないかな」

じっと由利を見詰めると、わずかに胸苦しそうな表情が走ったものの、由利は真剣な表情で征次の視線を受け止めた。

「おっしゃる通りです」

「若むらのおかあさんも？」

「ええ、知っていました」

「すると、君は最初から僕と逃げる気などなかったのか」

「はい。そのことでは、どんなに責められても言い逃れることはできません。でも、これには訳があって、更精さんも亡くなったことですし、時効だと思って聞いていただけませんか」

「……つまり、何も知らなかったばかは、僕一人だったことを、ですか」

「いいえ、あなたはわたしの恩人だったんです。あなたがいなかったら、とても今のわたしはいなかったでしょう」

由利がハンカチを目に当てるのを見て、征次は次の言葉が出なくなった。

「でも、あなたを欺《だま》すつもりは最初からありませんでした。あのとき、門脇杜衡に気に入られて、落籍かされる話があったのは本当です。そして、わたしが囲い者で生涯を送ることを嫌ったのも。相手が思っている人ならそんな悩みもなかったのでしょうけれど。なかなか良い返事をしないのを見て、おかあさんが一度好きな男と駈落をすれば、気持がふっ切れるだろうと言ったのです」

「……」

「前にもそんなことがあったそうです。わたしと同じ境遇の人が若むらにいて、その人も好きでない相手のものになるのをためらっていました。けれども、最後にはおかあさんにこう言ったそうです。せめて、三日でも恋しい人と一緒になれるのなら、この話を承諾します、と。そして、その人は好きな人と三日間だけ駈落して、落籍かされて若むらを出て行きました。どっち道、わたし達のような仕事をしていれば、普通の人のところにお嫁に行くことは難しいことですから」

車は白山通りを走っていた。由利はちょっと窓の外の街並みをみていたが、すぐ言葉を続けた。

「おかあさんは、若むらに出入りしている、更精の若い衆《し》は、どうやらお前に気があるようだけれど、お前の方はどうかね、と言いました。それで、わたしは征次さんなら、と」

由利の頬が少し上気したのが判った。

「お前も変った妓《こ》だねえ、と笑われてしまいました。お金持のお客さんはいくらでもいるのにね。でも、わたしには優しくて真面目なあなたを措《お》いては考えられなかったんです。何も知らず、選ばれたあなたにとっては、大変な迷惑だとは思いましたが、他の人ではとてもその気にはなりませんでした。おかあさんは早速、更精さんの旦那に話を持ち掛けました。すると、旦那は即座に、そりゃいい、願ってもないことだ、と喜んでくれたそうです」

征次は脳天を打たれたような気がした。

「親父が？　ちょっと信じられないな。親父はそりゃ怖い人でしたよ、特にあの場所の女性には。自分が稼いだ金で買うならいいが、そうでなかったら絶対に手を出しちゃいけない。そりゃもう、耳にたこが出来るほどでした」

「でも、あの頃、あなたはあまり毎日が楽しくはなかったのでしょう」

「そ、そうでした」

征次は現在の心を見抜かれたようにどきりとした。

「更精の旦那はこう言ったそうです。征次は仕事も一人前になったが、見ているとどうも何かに迷っているようだ。なに、若い頃にはあり勝ちなことで、この前家を出て行った伜のこともあるので気懸りにしている。自分の若い頃を思い出すと、そんなときにゃ、吉原《なか》へでも行って騒いで帰って来るとさばさばしたもんだが、征次は変に物堅いところがあって、そんなことを言えばこっちがばかにされるだけだ。征次が好きな妓がいるのなら願ってもないことで、あまり深くなって仕事に差し支えるようでは困るが、三日なら上上吉《じょうじょうきつ》だ。それで、駈落の手筈《てはず》は全部、旦那が決めてくれました」

「親父が……」

主人が口にすることといえば、用事と小言だけだった。征次はそれがちょっと信じられなかった。

「宿屋の手配から、列車の切符まで心配して下さったのも旦那です。おかあさんはまるで自分が駈落するようだと笑っていました」

とすると、叔父への見舞金は、最初から征次への小遣いとして渡したのだ。

「そうでしたか……少しも知りませんでした」

「でも、わたしはそれがお芝居だとは思いませんでした。一時は本気でもう若むらへは帰るまいと思ったこともあります。でも、最後には、わたし達のことを思ってくれたおかあさんや更精さんがわたしをきつく縛って、とうとうそれから逃げ出すことができなかったのです」

「有難う……僕は言葉が下手で、うまく言えませんが、本当に、有難う」

それは主人だって同じだった。

それほど、征次を心配する心があったのなら、普段の生活でもう少し言葉に出してくれてもよかったのではないか。

職人の常として、言葉より腕を信じる。相手にする品物は、言葉などでは動かないからだ。だが今、主人と自分を含めて、言葉の不足を恨み、言葉の不信を口惜しく思うばかりだった。

いずれにせよ、主人の作戦は当たった。更精に戻った征次がぼんやりしていたのは一時で、すぐ頭の上に載っていた重苦しいものが、嘘のように消えていったのだ。

バスが火葬場へ着くと、征次は再び会葬者の接待で忙しくなった。

仲さんが黒のダークスーツに黒の蝶タイという、レストランのボーイみたいな姿で火葬場に来ていた。

「……今日も、良い天気になったね」

「うん」

「二日続いて良い天気だ。勿体ないと思うだろ？」

「いや」

仲さんは疑い深そうに征次の顔を覗《のぞ》き込んだ。

「本当に？」

「ああ、親父は良い人だったから、皆さんを濡らしたくはなかったのさ」

一時間ほどして、係員が鈴木家の名を呼んだ。

家族親戚の順で骨揚げが行なわれた。

由利が遠慮勝ちに竹箸《たけばし》を手にしたとき、大方の人が骨壺の傍を離れていた。征次はすぐ傍に寄り、箸を持って由利と一緒に一片の骨を壺に移した。征次の指は悲しみのためか震えていて、その小さな作業がとても苦労だった。

角館《かくのだて》にて

階段を登ろうとしたとき、発車ベルが鳴りだした。敏之《としゆき》はあわててホームに駆け上がった。三号車のドアに添うようにして裕子《ゆうこ》が立っているのが見えたが、そこまで行く余裕はなかった。裕子に手を挙げて合図し、一番手前の六号車に飛び乗った。一息吐《つ》く閑《ひま》もなくドアが閉り、列車が動きだした。

敏之はふらつきながら通路を通り、三号車までたどり着いた。

裕子は案じていたより生き生きとした表情で、指定席の窓際に腰を下ろしていた。

「随分、心配したわ。着るものはちゃんと揃えておいたでしょう」

敏之は裕子の隣に腰を下ろし、白いネクタイに手を当てた。ネクタイをきちんと結ぶ閑もなかったのだ。

「つい、仕事に気が入ってしまってね」

「邪魔する人がいなかったから？」

「……いや、そういうわけじゃない」

「ご挨拶《あいさつ》の原稿はちゃんと持って来たでしょうね」

敏之は内ポケットの上に手を当てた。

「大丈夫。忘れやしない。それより、君の方は？」

裕子は改まった口調になった。

「心配掛けて済みません。お葬式は無事終りました」

「ご親戚の方達は？」

「急でしたから大変だったようですけれど、皆、元気です」

「亡くなったのは、矢張り新聞に載っていたとおり？」

「ええ。急性心不全でした。父はそれまで一度も病院に掛からなかったそうです。きっと、働き過ぎだったのね」

「疲れただろう」

「わたしなら、もう、大丈夫。新幹線でよく寝られたから」

「それはよかった。じゃ、別に派手なこともなかったわけだ」

「……ええ」

裕子があまり多くを言いたくない様子が判った。裕子は窓の外に目を遊ばせていたが、

「あら、山に雪が降ったのね」

と、話題を変えた。

「本当だ。気が付かなかった」

岩手山《いわてさん》の頂上付近が白く輝いていた。雪は淡い斑紋《はんもん》になって山の中腹で消えている。

敏之は煙草《たばこ》をくわえ、ポケットからライターを出した。

「田沢湖《たざわこ》のホテルが取れたわ」

「……そりゃ、よかった」

「夏の台風で、木が揉まれたから、いつもの年より紅葉はよくないらしいけれど」

ライターの付きが悪い。透かして見ると、ガスがほとんどなくなっている。敏之がライターをポケットに戻すのを見て、裕子がバッグを開けマッチを取り出した。

それまで気になっていたのだが、裕子の隣に腰を下ろしたときから感じていたかすかな香りが、一刷毛《はけ》強くなった。裕子のバッグから散り拡がったようだ。

「香水、着けたのかい」

「……いいえ」

裕子ははっとしたような顔になり、それを打ち消すために早口になった。

「いつもと違うシャンプーを使っていたから。きっと、それね」

敏之はマッチで煙草に火を付けた。

「これ、持っていていいね」

「ええ」

敏之は〈ボーユマン〉の字のあるマッチ箱をポケットに入れた。

「着るものは？」

「妹の留袖《とめそで》を借りて来たわ。少し、派手だけれど、贅沢《ぜいたく》は言っていられません」

棚の上に茶色のスーツケースが乗せてあった。ケースははち切れそうだった。

裕子は手の混んだ透かし織りの白いブラウスに、陰の部分が青味を帯びる茶のスーツ、同色のプリーツスカートだった。誂《あつら》えの服だが二年前の衣装だ。裕子は二年前、同じ服とスーツケースを持ち、敏之の後を追って盛岡《もりおか》までやって来た。

「最初の旅行も、田沢湖だったわね」

「……うん」

「ね、思い出さない？」

「……まあ」

「気のない返事ね」

「古いことだ」

「あら、古くはないわ。まだ、二年しか経っていない」

「二年もすりゃ、大抵のことは古くなる」

「……わたし、そんなに変った？」

「今迄《まで》そう思っていた。だが、今日は違う。初めて逢ったときみたいだ」

車掌が列車に入って来て、乗車券を拝見させて頂きますと言った。

裕子はバッグを開けて乗車券と指定券を取り出した。指定券は敏之の分も、裕子が東京で買って来たのだ。さっきの香りが、また敏之のところへ届いた。敏之は煙草をふかし、気付かない振りをした。

二人の生活には、新しく服を誂えるだけの余裕はなかったが、裕子があのときと同じ服装をしているのはただの偶然ではない。ある効果を狙っているからに相違ない。

二年前、敏之は東京のあるデパートの依頼で、初めて個展を開いた。敏之は盛岡に住む無名な一漆工《しっこう》にすぎなかったが、デパートの文化催事課の課長になった工藤《くどう》という男が盛岡の出身で、敏之と同じ高校の卒業生だった。

敏之は父親譲りで晴れがましいことが嫌いだったので、最初から乗り気ではなかった。親譲りといって、別に父親を尊敬していたわけでも、漆が好きだったのでもない。むしろ、反対で、暗い感じの父親のようにはなりたくないと思っていたのだが、父親を亡《うしな》い、仕事を一手で手掛けるようになってからは、いつの間にか親父そっくりと言われるようになった。

催事課の工藤は東北の物産展に掛けて、敏之の作品を展示するつもりだった。角館《かくのだて》の桜皮細工に蒔絵《まきえ》を施す檜垣塗《ひがきぬり》の漆工は算《かぞ》えるほどで、多くは年配者だった。

個展は可もなく不可もないといった成績らしかったが、展覧会が終ると、工藤はカルチャースクールの講師になってもらいたいと言った。

全くの素人《しろうと》に、五、六日漆を教えたからといって、どうにもならないことは判っている。だが、ここまで来てしまえば乗り掛かった船で、友達の顔を潰すこともできなかった。

裕子はその講習に申し込んで来た生徒の一人だった。

裕子は黙っていても目立つ存在だった。際立った美人ではないが、洗練された艶《あで》やかさを身に着けていて、聡明でもの判りが早い。

講習者のカードを見ると、六郷《ろくごう》裕子とあり、二十八歳の主婦、港区《みなと》の南青山《みなみあおやま》に住んでいる。

「六郷家は、まんず、大した家だ」

と、工藤が言った。

「あの人のお父さんはルチル電気の社長で、内の大切なお得意さんだ」

「……有名だな」

「東京じゃ、もっと有名だよ。経済通で、テレビにもよく出ている」

「なるほど」

「六郷氏の弟さんはフェリーボートの経営者。その下の弟さんは銀行の頭取だもんなあ」

東京にはいたるところに偉い人がごろごろしているように思えた。盛岡の在に籠っているだけでは、裕子のような人の顔も見ることもできなかったろう。

裕子はその六郷家の長女で、三年前に婿《むこ》が来た。婿はルチル電気のエリート社員。工藤は結婚式の準備一切を内のデパートが引き受けたのだと自慢した。

その後、工藤は敏之に東京へ出て仕事をする気はないか、と訊いた。

工藤の話だと、東京には特別誂えの蒔絵の注文があるのだと言う。ところが、長年その仕事を続けて来た蒔絵師が年を取って、あまり仕事が出来なくなってしまった。工藤は敏之に東京でその仕事を引き継がないかと水を向けた。

「お前も今なら独り身で身が軽いし、同じ仕事なら、東京の方が刺戟《しげき》があって勉強になるべ。昔と違い、輸送の便が良くなっているから、今迄の仕事は東京へ送ってもらって続ければいい」

敏之はその誘いに大きく心を動かした。日頃、檜垣塗の技術を桜皮細工だけではなく、他の品にも応用できないかと思っていたところだった。だが、盛岡ではそうした注文は滅多になかった。敏之はよく考えて返事をすると言った。

講師の仕事も終え、東京を発つ日、思いがけないことが起こった。六郷裕子がスーツケースを持って敏之の前に現われ、わたしを盛岡に連れて行って下さい、と泣き付いて来たのだ。敏之は呆然として、しばらくは眩《まぶ》しいばかりの若い人妻の顔を見るだけで、碌《ろく》な返答もできなかった。

それが、裕子との最初の旅になった。

不思議なことに、裕子と一緒だと一向に理性が活動しなかった。

これでいいのか、と何度も自問自答したが、日増しに情が深まって、気が付くと二年間が過ぎていた。工藤の勧誘はそのままになった。

裕子は家と東京を捨てて来たのだ。だから、敏之が東京へ移居することに賛成するはずはなかった。

車掌は一礼して乗車券を裕子に返した。

「力武《りきたけ》さん達、新婚旅行はハワイですってね」

と、裕子が乗車券をバッグに戻しながら言った。

「ハワイに、行きたいかい」

「行きたくなんかないわ。わたしは田沢湖で充分」

「……すると、今日の式を、僕達の結婚式にする気かね」

「あら、当たったわ。今日は勘が良いようね」

「……しかし、お父さんの喪中だろう」

「それは、もういいの。六郷家はわたしにはもう関係がなくなったから」

「……もう、君が帰って来ないんじゃないかと思っていた」

裕子は顔を向けた。勝負をするときのような目になっていた。

「そんなことを言うなんてひどい。わたしがどんな思いで帰って来たか……」

そして、声を詰まらせた。

窓の外は刈り取られた田が続き、白いススキが風に靡《なび》いている。

角館駅に着くと、力武秀二《しゆうじ》がホームまで出向いていた。

今度、結婚式を挙げる力武克一《かついち》の弟で、柔和な兄とは反対に、明るく社交的だった。

「この度は、兄がお世話になります」

闊達《かつたつ》に一礼して、裕子が持っていたスーツケースを軽軽と持ち、先《さ》きに立って改札口の方へ歩いて行った。

ケースの重さは妹から借りて来たという留袖だけではなさそうだった。列車を降りるとき敏之が手を貸そうとすると、裕子は自分だけでケースを棚から降ろした。

トンネルを抜けてからは雲の流れが早く、厚さを増していた。気温も盛岡よりは大分低い。

「昨夕、雷で大雨になりました」

と、秀二が教えた。

そう言えば道が黒く濡れていて、ところどころに水溜りも見える。

「先生、角館は初めてですか」

と、秀二が裕子に訊いた。

「ええ。ぜひ一度は来たいと思っていました」

「これからのご予定は?」

「今日は田沢湖のホテルを取ってあります。明日は八幡平《はちまんたい》を廻って見ようかと」

「じゃ、ゆっくり出来ます。式が終ってから角館をご案内しましょう。狭い町ですから、半日もあれば大体見て廻ることができます。抱返《だきがえり》渓谷から田沢湖へいらっしゃればいいでしょう」

秀二は駅前に駐車している車のトランクを開けて裕子のスーツケースを入れた。車はツウドアの小型乗用車だった。

敏之と裕子は後ろ座席に着いた。

「式場は兄貴が決めました。角館じゃないと嫌だと言って。あれで、意外とロマンチストなんですよ。紀美子《きみこ》さんと最初に出会ったのが、角館の外《と》ノ山《やま》スキー場だったんです」

力武克一は盛岡の地元新聞社の運動部に勤めている青年だった。スキーが得意で、高校生のとき国民体育大会スキー競技会に出場したことがある。

一方、裕子は閑にまかせて書いた雑文が採用になってその社の新聞に掲載され、それ以来、一端《いっぱし》の寄稿家になっていた。裕子は器用でどんな材料もこなし、スポーツに関する文章も手掛けたことがある。克一とはそうした仕事の上での付き合いだった。

克一が婚約者の米屋《よねや》紀美子を連れて仲人《なこうど》の依頼に来たとき、裕子は実に楽しそうだった。だが、敏之は晴れがましいことが嫌いで、返答を渋った。

「こんな機会でもなかったら、わたし達、お仲人をすることはないと思うわ」

と、裕子は力説した。

「それに、最近二人で出歩いたことがないでしょう」

「だったら、仲人などしなくてもどこへでも行けるじゃないか」

「お仲人を一度したかったのよ」

結局、裕子に言いくるめられることになる。いつものことだった。

二人が帰った後、裕子は予想した通りのことを言った。

「あら、困った。式に着て行くものがない」

敏之は笑った。

「じゃ、取り消すんだな」

「嫌、絶対に。わたし、アルバイトでも何でもします」

裕子は一度だけアルバイトに出たことがあったが、長続きはしなかった。先輩から何か嫌味なことを言われ、我慢ができなかったのだ。敏之は忍耐も給料の内だと言ったが、裕子はそれ以来、二度と勤めをするとは言わなくなった。

敏之がどうするかなと思っていると、裕子はどこからか仕事をもらって来たようで、何日も夜中まで原稿用紙に向かっていた。しかし、その稿料を手にしてみると、俄《にわ》かに勿体《もったい》なくなったようだ。

「一度しか着ない留袖を買うなんてね」

色色考えた末、それは別の服を買うときのために残し、式には貸衣装で済ませることにしたようだ。敏之は横でそれを見ていて、それは大した進歩だと思った。

四日前、克一は父親を連れて、正式の挨拶に来た。

父親は見るからに実直そうな人物だった。乱雑な敏之の仕事場や、色色な道具類を恐る恐る見廻していた。

こうした道具を複雑に使いこなす者に対して、一般の人達はある無気味さと多少のもどかしさを感じたのだ。敏之の仕事場に入る人は多かれ少なかれそうした感を抱くのが普通なのだが、克一の父親は誰もが持つ反応を素直に顔に現わし、敏之はそれに好意を覚えた。

克一と紀美子が最初に会ったのは角館の外ノ山スキー場だったということは、そのときに聞かされた。紀美子は均整のとれた肢態を持つ美人だった。克一は高校時代の友達と一緒に紀美子と初対面し、同時に紀美子が好きになった。結果は克一が劇的な逆転勝を収めた。

「凄いメロドラマじゃない」

と、裕子が歓声を発した。裕子は派手な話が大好きだった。

その日の夕刊に、裕子の父の死亡が報じられていた。

「わたし、帰らないわ」

と、裕子は錯乱に近い調子で言った。

一間に閉じ籠り、泣き通した後だったので、瞼《まぶた》が厚く腫れあがっていた。

裕子は行先きも告げず家を飛び出してから二年間、一度も家に連絡をしていなかった。真逆《まさか》、こんなに早く父親が亡くなるとは思ってもみなかったのだ。裕子はいずれ父と話し合い、正式に東京の夫と離婚する気だった。新聞の尋ね人欄に何度か裕子の名が出たが、無視してきた。勿論《もちろん》、今それを言い出せば、頭から反対されるばかりでなく、否応《いやおう》なく盛岡から連れ戻されてしまうに違いない。だから、時機を待つ。裕子はそう言っていたが、その時機は永久になくなった。

新聞の報によると、六郷惣住郎《そうじゅうろう》氏は十月十九日午前十一時四十分ごろ、千葉県勝浦《かつうら》市の勝浦工場に向かう途中、東京駅構内で急性心不全を起こし近くの病院へ救急車で運ばれる途中死去、六十歳。東京都出身、自宅は港区南青山八の一の一。告別式の日取りは未定。そして、略歴が記載されていた。

惣住郎が死亡したのは勝浦工場へ行く途中、告別式が未定だという記事で、予測をし得なかった事態に関係者が慌てふためいているさまが目に見えるようだった。

「君はすぐ東京へ行かなければいけない」

と、敏之は言った。

「嫌だってば」

裕子は幼児に似た声で言った。

「しかし、君は六郷家の長女じゃないか」

「あなたまでがそんなことを言う。長女とか家とか後継ぎとかそんなものでがんじがらめになって息が出来なくなって家を捨てて来たのに」

「しかし、人間としてお別れをして来るべきだと思う」

「……わたしを困らせないで」

「今、用意をすれば、新幹線の最終に間に合う。お金ならあるだけ持って行きなさい」

「お金なんかいらないわよ」

裕子がもらった原稿料がまだ手付かず残っているはずだった。

敏之はそれ以上、何も言わなかった。裕子は落着かずときどき泣いたりしていたが、身支度を整え、意を決したような表情で仕事場に来た。

「あなたの言う通りにします」

服と荷物は二年前、盛岡に来たときと同じ姿だった。敏之はスーツケースを持って駅まで見送った。敏之はこのまま裕子が戻って来なくとも不思議ではないような気がした。

翌日、朝早く裕子は電話を掛けて来た。

「父は、最後までわたしを宥《ゆる》してくれなかったわ」

「……それは覚悟をしていたことじゃないか」

「でも、あんまりだわ。わたし、縁を切られているらしいの」

「通夜に入れてもらえなかったのかい」

「いいえ。妹の主人がとりなしてくれて、拝ましてはもらえましたけれど」

「それは良かった」

「これから、妹の家に泊めてもらうことになりました。力武さんの結婚式には間に合うように帰ります」

「無理をしなくともいい」

「だって、今断わっては力武さんに悪いわ」

そして、裕子は式の日、自分が乗る列車の盛岡着の時刻と、田沢湖線の時刻とを告げた。

敏之は電話を切ってから、裕子の言葉が気になった。裕子は縁を切られているらしいと言ったが、二年間、音信不通というだけで、簡単に親子の縁を切ることができるものなのか。敏之は何か悪い予感がした。

翌日、東京の工藤から電話が掛かった。蒔絵師がとうとういけなくなり、一週間でいいから手助けに来てくれないかという依頼だった。

車は武家屋敷を通り、古城山《ふるしろやま》ホテルへ着いた。秀二の言う通り、十分も走らないうちに郊外へ出た感じだった。ホテルは城跡を背後にしている小ぢんまりとした建物だった。

裕子はホテルへ入ると、すぐ更衣室で留袖に着替えて来た。

裕子の着物姿を見るのは初めてだった。着物姿がこれほど艶やかになるとは思わなかっただけ、敏之は叩き起こされたような気持になった。

黒縮緬《くろちりめん》の五つ紋、裾《すそ》は鶴の友禅模様で、細い糸目が鮮《あざ》やかだった。職業柄、模様を見る目はある。一目で冴えた腕を持つ模様師の、手を惜しまない仕事だということが判った。

「どう? 矢張り、派手でしょう」

裕子は心持ち化粧も濃くしていた。

「いや、よく似合う。派手なことはない」

紋は亀甲《きっこう》に七曜だった。敏之はルチル電気のトレードマークを連想した。その印も七つの星を配したものだった。

控室には力武の親族が揃っていた。

敏之を見ると、克一の両親が揃って礼を言った。

敏之は多少緊張気味だったが、裕子の立居は堂に入っていた。式服の女性に混ると、裕子の姿が一段と引き立って見えた。

桜湯が配られた。茶碗を持つ裕子の指に指輪が光った。敏之はそれを目に止めると、裕子はおっとりとした笑顔になって、茶碗をテーブルに置き、

「それから、良い報らせがあるわ」

と、小声で言った。

「何だね」

「父の遺産を分けてもらえそうなの」

「……だって、君は相続人を廃除されていたんじゃなかったかい」

「どうして？」

「電話の後、考えて判った。君は縁を切られたと言ったろう。多分、六郷家に戻らない限り、遺産は相続されないことになっているはずだ」

「そうなんです。でも、叔父達は調停を申し立てればどうにかなるだろうと言っていたわ」

「それじゃ、お父さんの意志に反することになる」

「でも、わたしは六郷家の娘なんですよ。遺産を受けるのは当然でしょう」

「君は家を捨てたはずじゃなかったのか」

「あなたはお金が欲しくないんですか」

「君の家の遺産など考えたこともない」

「あなたは何も知らないんです」

「何を？」

「それがどれほどかを。家が一軒や二軒建つというようなものじゃないんですよ。工場を持つことだってできます。若い技術者を養成することも」

「僕は今の職人で満足だ。とても人を使うことはできない」

「人ぐらい、わたしが使えます」

「とにかく、六郷家へ戻らない限り、遺産をもらおうなどという考えは起こさない方がいい」

「あなた、本気でそんなことを言うんですか」

「本気だ。いい恰好《かっこう》して言っているわけじゃない」

そのとき、ホテルの会場係が来て、式を始めますと言った。

部屋は新郎新婦の二十人ほどの親族達で一杯になった。各各《おのおの》が紹介され、正面に祭られた神殿に向かい、型通りの式次が進められた。

花嫁衣装の紀美子は堂堂としていて、紋服を来た背の高い克一と並ぶと、素晴らしい一組になった。

敏之と裕子は二人の後ろの席に着いたが、裕子の心は揺れ動いているようだった。玉串奉《たまぐしほう》奠《てん》のとき裕子はもたつき、敏之が小声で注意しなければならなかった。

式が終ると、すぐ写真撮影。

裕子と話をする閑もないまま、披露宴の席に移った。当然ながら、裕子との席は新郎新婦を中心においで離れ離れだった。

宴会場は若い人達で一杯だった。参会者は新郎新婦の姿を見て歎声を発し、盛大に拍手を送った。その間も、敏之の心は裕子から離れることができなかった。裕子も遠くから、何か怨《うら》むような視線を送り続けているのが判る。

これは、金だけの問題ではないのだ。裕子は本質的に敏之とは違う世界の人間だということがはっきりと判った。敏之はそれが打撃だった。

司会者に指名され、敏之は立って、内ポケットから原稿用紙を取り出した。原稿は前に裕子が書いておいてくれたものだった。原稿には紋切型《もんきりがた》の文章が並んでいた。

「……天高く秋たけなわ、実り豊かな季節、このよき日に力武家と米屋家の晴れの結婚式を迎えまして、ご媒酌《ばいしやく》の栄にあずかりました若尾《わかお》敏之でございます。一言、ご挨拶申し上げます」

少し戸惑った部分があった。新郎は獅子座というところで、獅子座が星占いから来た星座の名だと気付くまで声に出すことができなかった。だが、全体に流暢《りゆうちよう》な調子ではないので、言い澱《よど》みは目立たないはずだった。

新郎新婦の略歴、趣味、性格——

「……お二人の門出をお祝いするとともに、どうぞ暖かい目で見守っていただきたく、ご両家になり代わりお願い申し上げます。最後に新婚のお二人に聞いてもらいたいことがありまして、イギリスの思想家カーライルの言葉ですが、恋は結婚よりも楽しい。それは小説が歴史より面白いのと同様である――」

敏之はここで原稿から目を放した。

原稿はあと二、三行で終りだった。だが、敏之はもっと言いたいことがあるように思った。原稿をテーブルの上に置くと、意外なことに口の方が勝手に動き出した。敏之は裕子の方を見ながら言った。

「と言うように、最近ではとかく、愛が全てである。愛さえあれば、何もいらないというような風潮があります。その通り、愛ほど素晴らしいものは滅多にないでしょう。しかし、その基本的な人間にはそれぞれの個性がある。豊かな愛の土壌の上に、必ずしも大輪が咲くとは限りません。痩《や》せた土地でなければ生育しない植物もあるのです。お二人にはこれから、その個性をよく知り合って、どうか豊かな創造につながる愛を育んでもらいたいと思います」

敏之は一気にそれだけ言い、着席した。

落着くと、顔の火照《ほて》りを感じた。慣れないため、ずいぶん長く喋《しゃべ》った気がした。だが、それだけの言葉で、裕子が判ってくれるかどうか。敏之は前に置いてある原稿を畳んで内ポケットに戻した。

続いて、主賓《しゅひん》の祝辞が済み、司会者の指名で、克一が勤める新聞社の社長が乾杯の音頭のために立った。

シャンパングラスを持つと、裕子と視線が合った。裕子は敏之に向かってグラスを上げ、乾杯したようだった。

ウエディングケーキに入刀の後、食事に移ると宴会は賑《にぎ》やかになった。友人達の挨拶もぐっとくだけ、ギターを持ち出して歌う者も出た。

花嫁のお色直しのとき、紀美子に付き添って敏之の後ろを通り掛かった裕子が、小声で、ちょっと、と声を掛けた。

敏之がさり気なく席を立って廊下に出ると、一度更衣室に入った裕子がすぐ出て来て、

「あなた、今日はちょっと変よ」

と、言った。

「折角《せっかく》、東京から良い話を持って来たのに面白くなさそうだったし、さっき、乾杯するときも、態《わざ》と知らん顔をしていた」

「………」

「今日の式を、わたし達の結婚式にしましょうと言ったのを覚えているでしょう」

「それは聞いた。しかし……約束はしなかった」

「何か気に入らないことでもあったんですか。挨拶の最後も、変に理屈っぽかったてし」

「あれは、僕の心境だった」

裕子はおやというように敏之を見た。

「すると、わたし達のことを言ったわけ？」

「そうだ」

「わたし達は創造的じゃなかったと言うの」

「よく言葉を選んでいられなかった。だが、意味は通じると思う」

「……わたしがあなたのお仕事をよく理解できなくて、邪魔をするからなの？」

「そうじゃない。このままだと、僕達は破滅する方向に歩いていると思うからだ」

「確かに、今迄は辛かったわ。とてもね。でも、もう大丈夫」

「何が大丈夫なのかね」

「これから、わたし達の暮らしはずっと楽になるはずです」

「それが、一番いけないことだ」

「なぜ？　そんなことを言うのは僻《ひが》みだと思うわ。わたしの家のお金で楽になるのが気に入らないんでしょう。男の体面に関わると思っているのでしょう」

「いや、僕には昔から体面などない」

「だったら、お金に拘《こだ》わることはないじゃありませんか」

「そのことでずっと考えていたんだが、問題はお金じゃなかった。君は僕と一緒にいる人じゃないということが、やっと判ったんだ」

裕子は事の重大さにやっと気付いたように唇を結んだ。

「君の帰りを待っている人が、東京には沢山《たくさん》いるはずだ」

「わたしの父が亡くなってしまったのよ。あなた、そのわたしを見捨てる気なの」

「見捨てることができないから、そう忠告しているんじゃないか」

「家へ帰るなんて、嫌よ。絶対に嫌」

「君の方が体面を気にしている。君は迷惑を掛けた人に謝って、元の生活に戻らなければならない」

「どうして急にそんなことを言い出すのよ」

「わずか四日間、東京へ行って来ただけで、昔の君に戻ってしまったのが判ったからだ」

「ちょっと、待って」

裕子は慌ただしく言った。

「その話、式が済んでからにして下さい」

「勿論、お互いに納得しなければならない」

敏之は更衣室に歩いて行く裕子の後ろ姿を見ながら、別れるとなれば、痛みは自分の方が深いはずだと思った。

会場に戻ると、一人の青年が立って、参会者を沸かせていた。

話を聞いていると、この青年は克一の学校友達で、克一の恋仇だったことが判った。青年は自分を道化師に仕立てて、その敗北話を面白おかしく話し続けた。

青年は花嫁が式場に戻って来るのを見て、急に態度を変えた。がらりと物固い口調になり、急いで話を締め括ろうとし、それがおかしくて参会者がまた笑った。花嫁はそれを見て、ただ無意味な笑顔を作った。付き添って来た裕子は席に着くと、ワイングラスに手を伸ばした。

賑やかな宴会のうち、お開きの時間になり、新郎新婦、その両親達と並んで、敏之と裕子も参会者を見送った。

「良い婚礼でした」

「旅行には気を付けて」

「綺麗だったわ」

そんな言葉が跡切《とぎ》れ跡切れに耳に入って来る。

全員を見送ると、裕子が傍に来て、

「着替えを手伝って下さい」

と、言った。

克一と紀美子が更衣室に歩いて行く。どうするのかと思っていると、裕子は宴会場の係と話をしていたが、すぐ、更衣室に入って自分のスーツケースを下げて来た。

「控室を借りることにしたわ」

式の前に桜湯を飲んだ小部屋だった。裕子は中に入ると、ドアをロックした。

「力武さん達を駅まで見送らなければなりませんから、着替えながら話していい？」

裕子はスーツケースを開け、空《から》の畳紙《たとう》を取り出した。その下に式の前まで着ていた服が入っていた。裕子はその服を取り出した。スーツケースにはまだ別の服が詰められているようだった。

「さっきの話の続きをしましょう。どこまで話したかしら」

裕子は帯留めを解いてスーツケースに入れ、続いて帯揚げを解き始めた。

「多分……豊かな土地では、反《かえ》って育たない植物もある。そんなことだった」

「それは、あなたの挨拶だったでしょう」

「いや、意味は同じだ」

「つまり、わたしはあなたのところにいると、枯れるということ？」

「そうだ」

「だから、東京へ帰れと言うのね」

「そうだ」

「一体、わたしのどこが気に入らないのよ」

解いた帯が足に絡んだようだった。裕子はよろけて、危いところで椅子につまずくところだった。

「酔っているね」

「酔ってなんか、いないわ」

「……ワインを飲んでいた」

「ワインぐらい飲むわ。前には毎晩飲んだことだってある」

裕子は帯に続いて伊達締めを解き終えると、腰紐を結び直して襟《えり》を掻き合わせた。裾模様が絨毯《じゅうたん》の上に拡がった。

「勿論、あなたは不満でしょうけれども、わたしはこれでも一生懸命だったのよ」

「それは判っている。充分に感謝している。こんな貧乏生活に二年間もよく耐えて来たと思う」

敏之は帯を畳んで畳紙に収める裕子の手元を見ながら続けた。

「けれども、僕の方はそれに甘え、君がそれで満足していると思っていた。やっと、それが大き過ぎる間違いだということが判ったんだ」

「判ってくれれば、それでいいじゃありませんか」

「しかし、これ以上、君を楽にしてやる自信はない」

「これからは違う、と言ったでしょう」

「いや、お金などは限りがある。僕はお父さんの考えが正しいと思う。君が六郷家へ戻るのが一番幸せだと思ったから、お父さんはそう書き遺したんだ。お父さんは一番良く君のことを知っているはずだ」

「……どうして、そんなことが判るのよ」

敏之は煙草を取り出し、列車の中で裕子から渡されたマッチで火を付け、そのマッチ箱を裕子の前に置いた。

「このマッチが、東京の一流フランス料理店のものだ、ぐらいのことは僕でも知っている」

「久し振りだったから、誘われて入ったのよ。それが、贅沢だと言うのでしたら謝ります」

「それに、香水を着けて来た」

「……香水ぐらい、着けてもいいでしょう」

「僕は良い悪いを言っているんじゃない。君は高級料理店へ行ったり、上等な香水に包まれたり、高価な装身具を身に着けるのが似合う。いや、そうでなければならない。豊かな土地でないと育たない花と同じだ。くどいようだけれどそれを悪いと言うんじゃない。君はそういう運命の人なんだ」

「……あなたは痩せ地の方が向いているわけ」

「その方が、仕事には良いように思う」

「お金が嫌だと言うのなら、絶対にもらって来ません」

「それでは君の方が枯れてしまう」

「言い掛かりだわ」

「そうじゃない。言うまいとしていたが、その留袖も妹さんのものを借りて来たんじゃないんだろう」

裕子は留袖を脱いだところだった。下は朱の紅葉模様の長襦袢《ながじゅばん》だった。裕子は留袖を胸に抱えるようにした。

「その紋は亀甲に七曜だね。ルチル電気のトレードマークと似ているから、多分、六郷家の定紋《じょうもん》だ。嫁に行った妹さんなら、東京の風習で実家の紋を嫁ぎ先きへ持って行くはずはないから、君自身が持っていた着物なんだろう」

「……悪気で嘘を言ったわけじゃありません」

裕子はもの思いに耽《ふけ》るように留袖を畳んでいた。

「あなたが、贅沢なことが嫌いな人だから」

「それに、自分の香水や、指輪や、着物を取りに、夫の家に行ったと思われるのが嫌だったからなんだ」

「……あなたは今日、どうかしているわ。意地の悪いことばかり言うのね。東京へ行けと言ったのは、あなただったじゃありませんか」

「そう。君が葬儀に列席して来て、よかったと思っている」

「わたしがいなくなったら、あなたはどうなるのよ」

「君の留守、工藤から電話があった。僕も東京へ行くつもりだ」

「あなたが東京へ行くのなら、わたし、一緒にはいられない。それで、淋しくはないの？」

勿論、淋しさの極致に突き落とされるはずだった。だが、敏之はそれを口にしなかった。口にすれば、一度思い定めたことがぐらつきそうだった。

裕子は長襦袢の腰紐を解きスーツケースの中に入れた。

少し胸がはだけかかった。裕子はその胸元を押えて、

「済みません、ブラウスを取って下さい」

と、言った。

敏之がブラウスを渡すと、裕子は襦袢の片袖を脱ぎ、ブラウスに裸の腕を通して後ろ向きになった。それは男心を誘うしこなしだった。あるいは、最後の逆転を狙うための演出かも知れなかった。

「今度はスカートを、お願い」

裕子は後ろに手を伸ばした。

裕子はスカートを着け、曲技のような手付きで襦袢を脱ぎ去った。向きなおると、ブラウスから胸の形が透けて見えた。裕子はブラジャーを取って後ろ向きになり、両腋から端を持った指を出した。

「あなた、手を貸して」

敏之はブラウスの下から手を入れ、ホックを掛けてやった。裕子は敏之の腕の中で向き直

り、顔を上げた。そのとき、偶然だったのだが、裕子の胸元に目が行き、そこに、小さな斑紋を見取ってしまった。そこで、全てがふっ切れた思いがした。

その、抱かれた印の相手が誰でも関係のないことだが、裕子の主人だとすれば、祝ってやりたい気持だった。

裕子は気付かない様子で、顔を寄せて来た。

「もう、悲しい話は止しましょう」

だが、敏之は人差し指を伸ばし、裕子の胸元の斑紋をなぞって、あとずさりした。裕子はその意味を知ったらしく顔をこわばらせて棒立ちになった。

敏之はそのままドアに近付き、ロックを外して外に出た。

裕子が朱の絹の中に、顔を埋めたのが判った。

改札が開くと、旅装になった克一と紀美子を中心に、見送りの十二、三人がホームに出た。

雨がぱらつき始め、ホームの縁を濡らしていた。風が一際冷たさを増す。

若い人達は皆、酒で顔を赤くしていた。スピーチで宴会場を沸かせていた青年が音頭を取り、克一を胴上げし、万歳を三唱した。

そのうち、秋田行の列車が到着して克一と紀美子はキャスターの付いた大きなスーツケースを転がしながら車輌《しゃりょう》に入った。克一達は秋田から飛行機で東京へ行き、翌日ハワイに発つことになっている。

列車が出発すると、結婚式の客達は散り散りになった。

秀二が裕子の傍に寄った。

「先生、車で田沢湖へお送りしましょう」

裕子は肩を竦《すく》めた。

「折角ですけれど、朝早かったもので、すっかり疲れてしまったの。このまま、列車で行く方がいいと思って」

「……そうですか」

秀二は少し残念そうな顔をしたが、すぐ笑顔になって快活に、

「じゃ、そうなさって下さい。今日は本当に有難うございました」

と、頭を下げた。

盛岡行は反対のホームだった。スーツケースを持つと言うと裕子は素直にうなずいた。敏之と裕子は連絡橋を渡った。列車の到着まで、十分ほど時間があった。

裕子がバッグからタイプされた乗車券を取り出した。

「乗車券だけでいい。指定券はいらない」

と、敏之が言った。

「どうして？」

「僕はこのまま、一度盛岡に帰る。だから、自由席に乗る」

「……ここで離れてしまうの」

「うん」

「……田沢湖で、お別れもしないの？」

「今のが離婚式で、いいじゃないか」

「……結婚式のつもりだったのに」

「結婚式でもいい」

「二年間のわたしは何だったのかしら」

「……冒険かな。冒険では長過ぎたから、気分転換かな」

「軽いのね」

「軽い方が胃に負担が掛からない」

列車が到着した。敏之が席を探し、スーツケースを棚に乗せて、自由席の方に行こうとすると、裕子が呼び止めた。

「田沢湖までは一緒にいて」

「……うん」

「わたし、独りで田沢湖に行く。そこで、よく考え直してみたいから」

「そう、男は皆、僕みたいな自分勝手な者ばかりじゃないからね」

角館駅が遠くになっていった。

折鶴

「これが、霧押えね」

松本屋《まつもとや》は眼鏡《めがね》を直して、袖紋《そでもん》に目を凝らせた。紋は抱《だ》き柏《かしわ》の女紋である。

「そう、本糸が生地から浮かないように、見えないような糸で綴《と》じ廻すんです」

と、田毎《たごと》が説明した。

「なるほど、これなら、柏の蕊《しべ》がはっきり見える」

「はっきりしすぎて嫌だと言う人もいますがね」

「いや、今時、三つ紋の縫紋《ぬいもん》を誂《あつら》える人だから、はっきりしてる方がいいんです。これはお茶の先生でね、紋にはひどく喧《やか》ましい。長いこと、縫紋には困らされて来ました。内の縫紋屋さんがすっかり年を取ってしまったでしょう。どうしても縫いが荒くなってね。この前などは、抱き柏と言えば抱き柏だが、抱き茗荷《みょうが》でも通る、って嫌味を言われたりして。実際、先生の言う通りだから、参っちゃった」

松本屋は反物を奥まで解いて、両背紋を確かめてから、満足したように膝《ひざ》の上で巻き始めた。

「しかし、喧ましいだけに、見るところはちゃんと見る人です。この縫紋を見せたら、喜ぶでしょう」

「まあ、私達は単純ですからね。誉《ほ》められればどんなこともします」

松本屋は田毎の前にある縫台や、剝げちょろけた糸箪笥《だんす》などを見廻した。

「田毎さんとの付き合いも古いが、こんな芸があるとは知らなかった。隠していたんですか」

「いや、縫箔屋《ぬいはくや》ですから、一応、何でもこなしますよ。ただ、親父の代に、忙しい一時期がありましてね。縫紋まで手廻らなくなったんです」

「そう、今考えると嘘みたいだ。内だって、夜でなきゃ、職方廻りができなかった」

「覚えてます。お宅の茂《しげる》さん。小さい身体で、自転車に山ほど反物を乗せて、よく夜中に廻って来た。内でも夜業《よなべ》でね。十一時や十二時に来ても何でもなかった。今、茂さんどうしてます？」

「田舎《いなか》で呑気《のんき》にやっていますよ。職人なんかより農家の方がずっといい世の中になりましたから」

松本屋はきちんと反物を巻き終え、紺の木綿《もめん》風呂敷に包んだ。風呂敷の中には胴裏や半襟《はんえり》が入っている。実際、染屋《そめや》の主人が、一つの仕事を持って歩き廻るなどとは、不思議な時代になったものだ。

「いや、これからは田毎さんが紋を入れてくれるので助かります。第一、近いのがいい」

「内だって、仕事の選《え》り好みをしているような時代じゃない。といって、変に仕事をねだるのは、余所《よそ》の縫箔屋の仕事を横取りするようで悪い」

「そんなことはないと思うな。もう、これだけの仕事が出来る人はそういませんよ。どんどん仕事を取ったらいい」

「なに、自慢なんかできないけれど、手間は掛かっています。今、いくらでも手が掛けられますから。半分は趣味みたいな仕事ですよ」

「……贅沢《ぜいたく》だな」

松本屋が一反一反染め、田毎が閑《ひま》に飽かして縫った品物でも、多分、プリント印刷のワッペン紋の品物とそんなに値段の違いがないはずだった。

田毎は魔法瓶を引き寄せて茶をいれた。

「まるで、鶴の粟拾い。これで、食べていければ一番気楽ですがね」

「田毎さんはそれでいいんじゃない。このビルのあがりはあるし」

「いや、子供が使い盛りだから、そう呑気なことは言っていられない。現に、内の神さんは勤めに出ています」

「そう言えば、最近、奥さんの顔を見ないね。何をしてるんです」

「年甲斐もなく濃化粧をしてね。マネキンですって」

「……マネキン？」

「デパートの派遣店員って奴。時計売場に立っているわけ。ああいうところの客って、金持が多いでしょう。だから、女房の教育にはよくない」

「いや、田毎さんの奥さんは綺麗だからいい。内のは潰しがきかないからね。せいぜい、長靴をはかせて洗い場でこき使うしかない」

松本屋はのんびりと茶をすすった。

「連休だから、奥さんは休みなんでしょう」

「そう。待ってましたとばかり、旅行へ出掛けちゃいました」

「そう言えば、新規に入った、女のお弟子さんもいないね」

「ああ、潤子《じゅんこ》ね。あの子は、伊勢志摩《いせしま》を廻っています」

「……凄い時代になったね。奥さんは旦那を放ったらかし。弟子は大名旅行ですか」

「息子は海外ですよ。まごまごしてると、全部、むしり取られてしまいそうだ」

「内も同じだ。十一月一日の土曜、日曜、今日の祝日。独りぼっち。仕事をするのもばかくさいし、テレビにも飽き飽きしたし、もしかしたら、田毎さんならいるんじゃないかと思って電話をしたわけ。おかしいね。内の仕立屋さんも置いてけ堀を食ってるんです。これから、そっちに廻ろうと思ってね」

「どうして、皆こう似ちゃうんだろう」

「仕事が少ないと、遊ぶ覇気が抜けちゃうんだ」

覇気が抜けるとはちょっと違うが、最近、この家業も自分の代で終りだと思うと、ふと、放漫な気分になるときがある。とくに一仕事終えたとき、投げやりな気持が強くなる。

松本屋は窓から青空を見上げた。

「七五三も近いというのに、これじゃ今年もお終《しま》いかね」

「お終いでしょう」

「何か、景気のいい話はないかね」

「仲間で今年、春の叙勲《じょくん》に選ばれて、勲章を貰《もら》った人がいます」

「ほう……」

「五月にその祝賀パーティがあったんだけれど、着て行くものに困りました」

「着て行くものがない——まるで、女の台詞《せりふ》だね」

「だって、なるべく紋付きを着て来い、って言うんですよ」

「そうだ。この際、うんと着物を宣伝してもらわなきゃ」

「松本屋さん、紋付きは持ってるんですか」

「……持ってない。親父のがあったけれど、とっくに嬶《かか》あの喪服にしちゃった」

「貸衣装じゃ、ばかばかしいでしょう」

「ばかばかしいね」

「我我がこのありさまだから、着物が売れないわけだ」

「でも、お宅の方は長くやっていれば、勲章を貰うという手がある」

「それまで保《も》ちませんよ。今度、勲章を貰った人は、九十三ですよ」

「……偉いねえ。それで、まだ縫箔やってんの」

「いえ、もうとっくに止めてます。組合の名誉会長です。その代わり、息子がミシンのジャガードやマークでばりばり稼いでいます」

「なるほど、その手の方は忙しいわけだ」

「結局、紋付きで出席した人は半分もなかった」

「あまり、宣伝にはならなかったんだ」

「ですから、これからも当分大した景気はなさそうです」

松本は風呂敷包みを肩に掛け、腰を浮かせたが、何かを思い出したように坐《すわ》り直して、

「田毎さん、先週、池袋《いけぶくろ》のデパートにいたでしょう」

と、訊いた。

「いや、ここしばらく、池袋方面に行ったことはありませんよ」

松本屋は首を捻《ひね》った。

「僕を見たんですか」

「いや……呼び出しを聞いたんです。台東区《たいとう》の田毎敏《びん》様、はっきりアナウンスしていました。近くの売場までお越し下さい、ってね。台東区の田毎敏といやあ、田毎さんだけでしょう」

「……多分ね」

松本屋はそれで帰って行ったが、田毎はひどく気になった。

同じようなことを言われたのは、これで二度目である。

田毎の家は、代代、日本橋《にほんばし》で縫箔屋を営んでいた。田毎が四代目に当たる。

戦後、家主に頼まれて、無理矢理にその土地を買わされたのだが、後になってそれが幸いした。それからしばらくして、隣の銀行が店を拡げることになり、現在の池《いけ》の端《はた》の代地を貰える条件で、土地を売却した。

田毎の父親、藤造《とうぞう》は変に新しがり屋で、その土地に小さいながらビルを建て、四階を縫箔屋の仕事場、五階を住居に当て、田毎マンションと名付けた。マンションという呼称がまだ一般的に使われていないころで、田毎はその名が何か面映《おもは》ゆい気がして、現在自分の名刺には、田毎ビルと刷らせている。

戦後、やっと景気が戻り、三、四人の弟子を使い、それでもこなしきれないほど仕事が集まった時期だった。いわゆる糸ヘン景気。松本屋の茂さんが小僧で、自分の身体より重い仕事を自転車に乗せ、夜中に職方廻りをしていたのもその頃のことだ。

現在、田毎ビルは、一階が「都《と》のむら」という小料理屋、二階が美容院、三階が会計事務所、四階の仕事場は五階の一部屋に縮小して、空《あ》いた四階を歯科医に貸した。どの借手もそれぞれに繁昌《はんじょう》していて、それからの家賃で、めっきり仕事が減った今でも、暮らしには困らないのだが、もし藤造がビルを残して置いてくれなかったらと思うと、ぞっとするときがある。現に、縫箔屋を廃業して東京を離れたり、転業したりしている同業者が跡を絶たないのだ。

松本屋には、そうしないと困るように言ったが、別に妻の加代子《かよこ》の稼ぎを当てにしているわけではない。仕事が閑で、一日中顔を突き合わせているのは、お互いに鬱陶《うっとう》しいのだ。加代子はデパートの客の相手をしたり、マネキンの友達ができたりするのが結構楽しいようで、これも趣味の一つと言っていいだろう。

加代子の帰りが遅いから、いつの間にか田毎は夕方になると、階下の都のむらに行って、一杯呑む習慣ができた。

八月、都のむらは一週間の夏休みをとって休業。都のむらだけではなく、旧盆には街中が店を閉めてしまい、田毎は夕方になると、デパートの食堂街まで行かなければ晩酌ができなかったが、夏休みが終って、久し振りに都のむらに行くと、女将《おかみ》が妙なことを言い出した。

ちょうど、徳利《とっくり》が一本空き、ほんのり酔いが廻ってきたときで、女将はその頃合いを見計

らっていたように傍へ寄って来て、

「田毎さんも、見掛けによらない発展家ですね」

と、意味あり気に笑った。

「何だね、藪《やぶ》から棒に」

と、田毎がきょとんとして訊くと、女将は横の椅子に半分だけ腰を掛け、

「隠しても駄目。奥さんには言わないから、白状してしまいなさい」

と、田毎に酌をした。

都のむらの一家は、主人の故郷の福岡に行き、別府《べっぷ》温泉から瀬戸内海《せとないかい》を見物して帰って来たのだと言う。

「それから、寄り道をして、わたし達も伊豆《いず》の洋洋荘《ようよう》へ一泊したんですよ」

「……わたし達も？」

「ですから、隠しても駄目。さすがね、あんな民宿をご存知だなんて」

「……洋洋荘？」

「安くって、魚が新鮮だし、おまけに、お忍びには持って来いの離れがあって——」

「僕が……誰と？」

「それ、ご覧なさい、慌てたりして」

「慌てちゃいないよ。身に覚えがないからびっくりしてるんだ」

「往生際が良くありませんね。こっちには、ちゃんと証拠が揃っているんですよ」

「証拠?」

「ほら、洋洋荘じゃ、宿泊カードなんかじゃなくって、宿帳を出すでしょう。大学ノートの。それで、何気なく前の方を見ていたら、田毎さんの名があったわけ。台東区池の端、田毎ビル、田毎敏。ちゃんとそう書いてあったわ」

「……相手の名は?」

「ばかね。同妻に決まっているじゃない」

「それで……僕の姿を見た?」

「名があったからって、田毎さんを捜し廻るほど野暮《やぼ》じゃありませんよ」

「……」

「でも、らしき女性は、ちらりと拝見しました」

「どんな人だった?」

「それまで言わせたいの」

「うん」

「三十七、八。官能的な美人、髪が多くって、肩にまとわりついているからそう見えるのかしらね。ノースリーブの赤いワンピースに、金のブレスレットがよく似合って……」

まるで覚えのない女性だった。

都のむらの女将が作り話をしているとも思えない。田毎は旧盆の間はデパートまで晩酌に出掛けたほどだから、一歩も東京を離れたことがない。洋洋荘という民宿の名を聞くのも初めてだし、居職《いじょく》でいつも縫台にかじり付いているから、女性との付き合いもほとんどない。まして、官能的な中年増《ちゅうとしま》と温泉に連れ立つなどということは、問題外だ。

「田毎さん、本当に洋洋荘へは行ったことがないんですか」

と、都のむらの女将は、気味悪そうな顔をした。

「うん、ないね」

「じゃ、病気かしら」

「……病気？」

「ええ、離魂病というの。魂が身体から抜け出して、ふらふらと遊びに行ってしまうの。聞いたことがない？」

「……ある」

「もしかして、田毎さん、そういう美人と、温泉旅行がしてみたいなあ、と思ったことがあるでしょう」

「……多少は」

「それよ。でも、実際には奥さんの目があるから、勝手なことができない。それで、魂がその望みを叶えようと、田毎さんの身体から抜け出して遊んで来たのに違いないわ」

「そうかなあ。しかし、魂が抜けるほど浮気をしたい、と思ったことはないんだがなあ」

「田毎さん、お盆の間中、仕事に熱中していたわけじゃないでしょう」

「まあね。夏涸《なつが》れの時期だから」

「仕事をしていないときは？」

「ぼうっとしている」

「そのときね。魂が抜け出したのは」

「嫌な気分になってきた」

「そうでしょう。浮気ならまだいいわよ。田毎さんの知らない間に、もし魂が泥棒や人殺しでもしたら、どうするの」

「驚かさないでくれよ。一体、どうしたらいいだろう」

「そういうのは、お医者じゃ駄目。神様にお祈りしてもらうほかないわ。わたし、いい神様を識っている」

「心易いのかい」

「ええ。内じゃ、何をするにもその神様にみてもらうの。凄く当たるんだから。いつでも紹介するわ」

「頼むよ」

しかし田毎は本気にしなかった。

そのことはすぐ忘れてしまったのだが、松本屋が池袋のデパートで、田毎の名がアナウンスされていたという話を聞いて、ひどく嫌な気がした。

松本屋が帰った後、縫台の前に戻ったが、少しも針が進まなくなった。

無論、都のむらの女将が言った離魂病を信じたわけではない。とすれば、誰かが田毎の名を使っているのだ。しかも、偶然の一致ということはあり得ない。都のむらの女将が見た洋洋荘の宿帳には、台東区池の端、田毎ビル、田毎敏と明記されていたという。誰かが、意識的に田毎の名を使っているのだ。

宿帳に書かれた、田毎ビルという字が手掛かりになるかも知れない、と思った。それに今迄《まで》気付かなかったのは、都のむらの女将の話をあまり気にしていなかったからだが、よく考えれば、田毎ビルというのがおかしい。正式には田毎マンションだからだ。

田毎の名を使っている人物は、田毎の名刺を見て、その表記に従ったのだ。それなら、その人物を割り出すのは、そう難しくはないはずだ。仕事の性質から、名刺を作ってはいても、ほとんど使うことがない。

今年になってから、珍しく四枚の名刺が出て行った。

最初は、桜井幸次郎《さくらいこうじろう》の叙勲祝賀パーティに出席したときだ。

そのときのことを思い出すと、田毎は茜色の芳香に包まれるような気分になる。

桜井幸次郎は業者の中では最長老で、長い間組合長を勤め、割に人望が高かった。

戦後、業界はミシン刺繡《ししゆう》の出現で、大混乱したことがある。手仕事の職人達は、早い遅いにかかわらず、機械の進歩によって、一度は大打撃を受けて来たものだが、縫箔屋もその例外ではなかった。

最初のうちこそ、不細工なミシン刺繡の仕上がりに、昔気質の職人は冷笑して気にも止めなかった。だが、機械の改良は日進月歩《にっしんげっぽ》で、高級な呉服にもミシン刺繡がまかり通るようになると、どの職人も穏やかな顔でいられなくなった。

何しろ、仕事が早い。素人《しろうと》の目には、手縫もミシンも区別が付かない。そうなると、一日も早くミシンに切り替えた方がいいのは、誰の目にも明らかだ。

多くの職人が機械に切り替えた結果、仕事の奪い合い、値崩れの競争が始まった。手仕事から大量生産に変ったのだから当然としても、欲をむき出しにした争いが方方《ほうぼう》で起こり、そこでは古風な職人の誇りなど一切通用しなくなった。

すでに、時代が大きく変っている。商人の方も、昔のように、一人でも腕のいい職人を育てるためには、現在、多少の負担があっても仕方がない、そういう見識を持つ人は皆無になった。とにかく、目先《さ》きのことしか考えない。今、一銭でも安い仕事をする者があれば、その方に仕事を廻す。自分のところに、親代代からの職人が出入りしていようと一切頓着《とんちゃく》しない。仕事を見る目も素人並みに低下してしまったから、ますます手に負えない。

そんな状態の中で、桜井はよくこれまで組合を分裂させず、上手にまとめてきたと思う。自分は縫箔だけを固守していたので、一目置かれていたともいえる。もっとも、息子には早くからミシン刺繍を仕向けていたが、仲間と競合しない、マークやワッペンの仕事を開発していた。桜井は先きを見る目もあったのである。

桜井は組合から推薦され、今年の春には叙勲を受けた。君七等青色桐葉章《くんななとうせいしょくとうようしょう》だった。五月、その祝賀パーティが都心のホテルで開催されたのだが、組合がホテルでパーティを開いたのは、先きにも後にもないことだった。

パーティの席には、デパートや問屋の関係者も集まっていた。中には、昔、田毎が出入りしていた会社もあった。だが、別に懐かしいわけでもない。

その男も招待された会社の社員だった。

田毎が受付で署名し、会場に入ろうとすると、声を掛けられた。

「君、内の花輪があんなところじゃ、困るじゃないか」

最初、何を言われているのか、さっぱり判らなかった。

「君は、組合員だろう」

「そうですが」

「だったら、何とかするんだ。あんなところじゃ、花輪がまるで見えないじゃないか」

頭は禿《は》げ上がっているが、まだ若そうだった。目が小さく、鼻が陰険そうに曲っている。

「あんたは？」

田毎が訊くと、相手はぞんざいに胸の名札を指差した。

株式会社、装芸《そうげい》。横倉久成《よこくらひさなり》と読める。

「なんだ……丸孫か」

と、田毎は言った。相手は唇を歪《ゆが》めて、声を荒くした。

「丸孫なんかじゃない」

そのとき、女性の声が二人の間に割って入って来た。

「横倉部長、申し訳ありません。すぐ、直します」

見ると、面変りしているが、一目で若月鶴子《わかつきつるこ》だと判った。鶴子と会うのは十数年ぶりだったが、挨拶《あいさつ》をする閑もない。

鶴子は若い組合員を呼び、てきぱきと指示して「装芸」の名の入った花輪を、会場の入口近くに置き直した。

「何しろ皆さん不慣れでして、全く失礼しました。あれで、よろしゅうございましょうか」

「……まあ、いいだろう」

「どうぞ、会場の方へお越し下さい」

鶴子は手を取らんばかりにして、横倉を会場に案内した。田毎が見ていると、鶴子はボーイが持っている盆から水割のグラスを取り、横倉に手渡していた。

「あなたも刺繍を?」

振り返ると、銀髪のすらりとした男がにこにこしている。

「はあ、縫箔屋です」

「面白かったですよ。今時、装芸さんを丸孫は、いい。あの男は長い下積み時代がありましてね。今、威張りたい盛りです」

横倉とのやり取りを聞いていたようだった。

「内ではずっと、丸孫と呼び慣れていましたから」

「すると、お父さんの代から?」

「丸孫の仕事を請けるようになったのは、祖父の代からです」

「ほう……じゃずっと、手縫いで押し通しているんですね」

「時代に乗り遅れているだけです」

相手は珍しいものでもあるように、田毎を見た。相手の胸の名札には、更藤《さらとう》、宮入重雄《みやいりしげお》と書かれている。更藤といえば大手デパートの一つだ。

「すると、縫紋もなさいますか」

「ええ、一通り」

「実は、今、縫紋で困っているんですよ。内の職人さんは皆、年を取ってしまいましてね」

「はあ……」

「今のミシンなら、縫紋など簡単にできてしまう。しかし、調べてみると、コンピューターのソフトに金が掛かりすぎる。それまでして、すぐ経費を取り戻せるほど、縫紋の需要は多くない」

「そうでしょうね。大体、紋というのは、縫い方や種類が多過ぎます」

「それで、内でも縫箔屋さんをもう少し増やしたいんですがね。よかったら、内の仕事をしてみませんか」

「折角《せっかく》ですけれど、今、その気はありませんね。コンピューターをいじっている方が、早いんじゃないですか」

「いや、ご返事は今じゃなくて結構です。考えておいて下さい」

宮入は分厚な札入れの間から、名刺を取り出した。

そのとき、交換した名刺が一枚。

　桜井幸次郎は紋服に勲章を着用、しっかりとした足取りで壇上に出て挨拶をした。声も若若しく、とても九十三には見えない。

　桜井はこの激動の時代、縫箔一筋に生きて来られたことが幸せだ、と言った。長生の秘訣は、好きな仕事を、好きなだけ働く、ということなのだろうか。

来賓《らいひん》の祝辞が一通り終って、会場は立食パーティの部屋に移される。

田毎はそこで、若い女性と識り合った。

その子は最初、田毎のところへオードブルの皿を運んで来た。次には水割のグラス。その次は肉料理。

見ていると、方方に気を配り実によく動いている。小柄で大きな活発な目で、小さく尖《とが》った鼻が可愛らしい。

肉料理の皿を渡されたとき、名札を見た。田毎と同じ色で、三浦《みうら》潤子とある。

「なんだ、君も同業者か。僕はまた、綺麗だからホステスかと思った」

「まあ、お上手ね」

「お世辞《せじ》じゃないよ。よく気が付く子だと思っていた」

「だって、今日はわたし達が皆さんをご招待したんでしょう」

「そうだった。じゃ、僕も動き廻らなきゃいけないかな」

「先生はいいの」

「先生……は変だ」

「あら、いけませんか」

「そう呼ばれたことは一度もない」

「内は皆先生ですよ。ご主人の先生に、奥様は、鶴子先生」

「……君は若月のところで働いているのかね」

「ええ。内の先生をご存知なんですか」

「うん。お祖父《じい》さんの時代から、ずっとだ」

「まあ、この業界の構造はとても緊密なんですね」

「うん、狭い業界だし、古いからね」

「わたし、若月服飾へ来て三年ですけれど、あまり先生とお目に掛かりませんね」

「うん、しばらく往き来してない」

「……喧嘩《けんか》でもなさってるんですか」

「僕じゃない。親父がちょっと、ね」

「そうでしょう。先生は喧嘩しそうには見えませんものね」

「先生、は止《よ》してくれないかね。背筋がむずむずする」

潤子は田毎の名札を見た。

「面白い名ですね」

「気に入ったかい」

「だって——田毎敏、一字ずつ敏の字ができていくでしょう」

「そんなのはいくらもあるさ。僕の友達に、山岡剛という男がいた」

「山岡剛……あら本当。偶然、こうなったのかしら」

「山岡の場合は偶然かも知れないが、僕の場合は違うね。親父が物好きだったんだ」

「でも、一度覚えたら、忘れませんね。先生……じゃなかった」

「田毎さん、と呼びなさい」

「田毎さん、名刺を頂けませんか」

二枚目の名刺が、こうして潤子の手に渡った。

潤子は田毎の名刺を見ていたが、

「ぬいはくぎょう――と読めばいいんですか」

と、訊いた。

「縫箔屋が縫箔を読めないようじゃ困るな」

「でも、内は服飾刺繡と言っているわ」

「縫箔というのが、由緒正しい言葉だ」

「そうね。縫箔と言う方が、恰好《かっこう》がいいわ。手仕事の職人さんみたいで」

「だって、手仕事の職人だもの」

「……じゃ、ミシンは使わないんですか」

「触ったこともない」

潤子は信じられない、といった顔で田毎を見た。

「素晴らしいわ。先生——田毎さんのところに、お弟子さんはいるんですか」

「今は一人もいない。食べていけない仕事を教えることはできないからね」

「……失礼ですが、お子さんは？」

「今、高校生と中学生だけれど、縫箔屋にする気は全くないね。当人も別な仕事を見付ける考えだ」

「すると、縫箔の技術は田毎さんの代でお終いなんですか」

「そう」

潤子は真面目《まじめ》な顔をして考え込んでしまった。田毎は言った。

「変な顔をするなよ。今、誰も田植えの技術を知らなくなったとしても、困る人はいやしない。全部、耕耘機《こううんき》がやってくれる。人が田圃《たんぼ》へ入れば、冷えるし腰は曲るし、そんなものさ」

「そんなもの……それで、田毎さんはいいんですか」

「いいにも悪いにも、そういう時代だから仕方がない」

潤子は大いに不満そうだった。

田毎のグラスが氷だけになった。潤子はそれを見て、新しいグラスを取って戻って来た。

「本当に田毎さんは、ちっとも動きませんね」

田毎はグラスを受け取った。

「それに較べると、君のところの先生は、実にまめだ」

「ええ、先生は顔が広いんです」

「鶴子先生も社交家みたいだね」

「ええ、お付き合いも、仕事の内なんです。鶴子先生はカラオケやゴルフもお上手なのよ」

潤子は目を細くした。そういう鶴子を尊敬しているようだった。

「それで、君のところは仕事が沢山《たくさん》集まるんだ」

「……いえ、大したことはありません」

「嘘を吐《つ》け。他でそんなことを喋《しゃべ》るなと、先生から口止めされているんだろう」

「……判りますか」

「判るさ。君は表情がはっきり外に出る子だ」

「じゃあ言いますけれど、他には秘密ですよ」

「約束する」

「本当のことを言うと、物凄く忙しいんです」

「……時期だからな」

「それもありますけど、この秋に装芸さんから、新しい柄の着物を大きく売り出そうとしているんですよ」

「なるほど……その刺繡を一手に引き受けたんだ」

「ええ、ですから、内は戦争みたいになっています」

「忙しいと、困るだろう」

「どうして？」

「君だって遊びたい盛りだし、お手当てだって、その割には少ないはずだ」

潤子はくすりと笑った。

「田毎さん、ずいぶん古い考えをなさっているんですね」

「古い？」

「だって、そういうのって、資本家は搾取するな、とか、労働者は団結せよなんていうのと同じでしょう」

「……今は違うの？」

「昔も今も、変りありません。いつでも、労働は神聖なんです」

「先生がそう教えてくれるわけだ」

「ええ。労働のないところに、絶対、繁栄はありません」

「……もっともだ」

潤子の話を聞いているうち、今度は田毎が考え込む番になった。

なるほど、今はこう人を使うものなのか。

昔は弟子を叱り飛ばすだけで事が済んでいた。弟子に仕事を教えようとする者もいない。

弟子は兄弟子の仕事を盗み見て、それを真似するしかなかった。

大袈裟《おおげさ》な言い方をすれば、潤子は若月先生から、労働の哲学から叩き込まれているらしい。その論理は、手を使わない生半可な学問ではとても太刀打ちができないだろう。

若月家に婿《むこ》入りした隆司《たかし》は、前から敏腕家の噂があった。その隆司が上手に弟子達を統治しているのは当然だとしても、鶴子までが、出席者に愛敬をふりまいて歩いている姿は、ちょっと信じられなかった。

田毎が知っている鶴子は、人の前に出ると、顔を赤らめるような内気な女性だった。だから、人中でマイクを持ったり、クラブを握ったりする鶴子の姿は、ほとんど想像することができなかった。

潤子はどういうわけか、田毎が気になるらしく、閉会近くなってからも、傍に来て話し掛けた。

「田毎さんは本当にデパートや問屋さんの人達を知らないんですか」

「ああ、知らない」

「じゃ、どういうところにお仕事を取りに行くんですか」

「取りには行かない。向こうの方で、品物を届けてくれる」

「まあ、おっとりしているんですね」

「別に、横柄に構えているわけじゃないが、内は僕独りだから、そんなことをしていては、仕事にならない」

「それじゃ、お得意さんが持って来てくれなくなったら？」

「それきりだね。無理に取り返したりはしない。だから、デパートや問屋とは付き合いがなくなったんだ」

「じゃ、今のお得意さんは？」

「町の小さな紺屋とか、模様師、悉皆屋《しっかいや》。そんな人達とだけ付き合っているよ」

「……呑気なんですねえ」

「その代わり、食べていけないよ」

潤子は不思議そうな顔で田毎を見た。更藤の宮入と似た表情だった。

祝賀会が閉会して、やっと鶴子が傍に来た。

「すっかり、ご挨拶が遅くなって、済みませんでした」

と、鶴子は頭を下げた。

白の浮き織りで肩と裾《すそ》が金茶のぼかし、大胆な金紋更紗《さらさ》の訪問着で、帯は白地に金の天平《てんぴょう》風《ふう》鶴の丸が刺繡されている。

「忙しそうだね」

「いえ、大したことはありません」

と、鶴子は潤子と同じ言い方をした。

直線的な眉《まゆ》で、少し目がきつい。すらりとした鼻と細く長い唇は昔のままだが、一時よりは痩《や》せた感じで、険というほどではないが、厳しさのようなものが漂っている。だが、田毎は反対のことを言った。

「すっかり貫禄ができたね。見違えるようだ」

「相変らず、あくせくしているだけです。皆さん、お変りありませんか」

「うん。皆、元気です」

細い唇が少しへの字になった。鶴子は無理に笑おうとしているらしいのだが、完全な笑みにはならなかった。

鶴子は帯の間から、小さな懐中時計を取り出してちょっと見た。

「すぐ、お帰りですか」

「うん。帰って寝るだけ」

「じゃ、車でお送りします」

「そりゃ、嬉しいな。ここは、帰りが登り坂だからね。でも——君はご主人と一緒じゃなかったのかい」

「主人はもう帰りました」

そう言えば、しばらく前に隆司が丸孫の横倉と会場を出て行く姿を見た。横倉をどこかで遊ばせるつもりなのだろう。

鶴子は玄関で待っているようにと言った。

しばらくすると、鶴子がクリーム色の乗用車を運転して来て、田毎の前に停め、前のドアを開けた。田毎は鶴子の横に坐った。そのとき、初めて控え目な香水に気付いた。車を走らせながら鶴子が言った。

「よかった。断わられるかと思った」

「……断わる理由なんかないよ」

「だって、装芸の横倉さんが気に入らなかったんでしょ」

「横倉と君とは関係がないよ」

出口がちょっと混み合っていた。赤信号を見ながら鶴子が言った。

「じゃ、ちょっとだけ付き合ってくれませんか」

「いいよ。どうせ、閑だ」

「わたし、ほとんど食べられなかったの。六本木《ろっぽんぎ》に和風フランス料理の店があるんですけれど」

「君がよけりゃ、どこでもいい。僕は折角だけれど、もう、食べられない。酒なら少しは付き合える」

「わたしも、飲みたいわ」

「でも、この車をどうするね」

「それなら、大丈夫。内の若い子に電話をして、会場の跡片付けが終ったら、車を取りに来させます」

田毎はずいぶん下らない質問をしたと思った。それだけ、鶴子と暮らしている世界が違ってしまったのだ。

「ちどり」という料理店の小座敷。

酒が入るにつれて、鶴子は朗らかになった。パーティで得意達を相手に談笑していたときとは違う、打ち解けた笑顔だった。

「田毎さんは、お父さんそっくりになったわね」

「……そんなに肥《ふと》ったかい」

「いえ、体格じゃないの。気性がよく似ているわ」

「そりゃ、まずいな。親父は依怙地《いこじ》で手が付けられなかった」

「それは、悪い言い方。自分の仕事に誇りを持っているんだわ。さっき、更藤が仕事をしてくれないかと言うのを、断わったでしょう」

「あの男が話したのかい」

「ええ。更藤の宮入さんは、呉服加工部で一番力があるの。内がそんな声を掛けられたら、隆司は飛び付いていくわ」

「だって、言い方が気に食わない。コンピューターのプログラムが面倒だから、縫紋を職人に廻す。そんな言い方をしたから、むっとしたんだ」

「いいじゃないの。聞き流せば」

「冗談じゃない。祝いの席だから、あれで済ませた。場所が違ったら、撲《なぐ》り倒しただろうな」

「そこが、お父さんそっくり」

「一体、君達は何だって、更藤や丸孫の番頭にぺこぺこするんだろう」

「仕事が欲しいからよ」

「そんなに、欲しいかい」

「当たり前じゃない。昔と違い、只《ただ》で人は使えないのよ。黙っていても、毎月、給料を支払わなければならないのよ。一反でも多く、仕事が欲しいわ」

「……なるほど。大変なんだな」

「わたしだって、毎日のように、やれゴルフだ、麻雀《マージャン》だと、他の目には呑気に見られるんだけれど、本当は仕事なのよ。毎日、気の休まるときがないわ。今日だって、羞《はずか》しいのにこんな派手な形《な》りをして、嫌な奴にも愛敬を振りまかなきゃならない」

「そうだった。大手は仕事も多いが、嫌な奴も沢山いる」

「本当――」

短い言葉が強い肯定を語っていた。

「それを、じっと我慢してるの」

「仕方がないわ。だから……わたし、痩せたでしょう」

「……そうかな。僕には垢抜けて、美人になったように見えるがね」

鶴子は怨《うら》むように田毎を見て、杯を干した。田毎は言い直した。

「しかし、この道で生き抜いていくんだから偉いと思うよ。僕なんか、とっくに落伍者《らくごしゃ》だものな」

「田毎さん……本当はわたし達のことを、まだ怨んでいるんでしょう」

「それは、昔のことさ。もう、すっかり忘れたよ」

「内の父が死んだとき、あんなに仲の良かった藤造さんなのに、お葬式にも来てもらえなかった」

「そこが、依怙地なんだよ。昔の職人だから、一度、臍《へそ》を曲げたら、梃《てこ》でも動かないんだ」

「当たり前ね。結果的には、装芸の相出入《あいでい》りだったのを、内の父と隆司が田毎さんを追い出した形になったんだから」

「いや、追い出されたなどと言うと、親父が怒るよ。親父は自分の方から、愛想を尽かして丸孫を出入り止めにしたんだ」

「それだけ、自分の腕に自信があったわけね」

「うん、自信だけはあったね。だから、デパートや問屋の番頭と、よく喧嘩していたなあ」

「内の隆司は反対ね。内のは仕事ができないからね、きっと」

「その代わり、社交の名人なんだろう。どんな人とも同じように付き合えて、誰からも好感を持たれる」

「……まあね」

「そりゃ、あのときは、僕だって腹が立ったな。だって、内は丸孫とは明治の初めからの出入りだったろう。丸孫が大きくなったとき、内の親父が口をきいてやって、君のところの勇《ゆう》次郎《じろう》さんを丸孫に出入りさせたんだからね」

「それは、よく知っています」

「しかし、今になって考えてみると、内の親父なんかとは違い、勇次郎さんは時代を読み取ることができる人だったんだ。勇次郎さんが機械を入れなかったら、きっと、誰かが同じことをしていたに違いないと思う。内の親父みたいに、ただ、腕のことを言っている人間は、そのときに、もう駄目だったんだ」

いつの間にか、話題が切実になったのに気付いて、田毎は話を止めた。これ以上進めば、きっと、あのことを話さなければならなくなる。それは、お互いに苦い思いを蒸し返すことになるだろう。田毎は努めて明るく言った。

「今日のパーティで、三浦潤子という子とお友達になったよ」

「三浦……潤ちゃんと？」

「うん。君のところで働いているんだってね。なかなか、面白い子だ」

「ええ。お父さんは大学の先生なんですけど、潤ちゃんは勉強が大嫌いで、高校を出てから内に来るようになったの」

「東京の子かい」

「ええ」

「東京の子で、珍しいね」

「大体、そういう仕事が好きだったようね。他の子より、ずっともの覚えがいいのよ」

「そうだろうな。僕の仕事のことを、根掘り葉掘り訊いていた」

「同じ組合員でも、仕事のしかたが違うから、珍しかったのね」

「面白かったよ。縫箔屋という言葉も知らないようだったし、僕が仕事場で坐ったままでいて、お得意が仕事を持ち運んで来てくれると言ったら、目玉を丸くしていた」

「そうでしょうね。内では運搬用の車もありますから」

「今、女の子はお使いには出さないの？」

「ええ。そんなことをさせたら、わたしは仕事を覚えに来たので、お使いをしに来たんじゃない、って言われちゃうわ」

「驚いたね。昔は……」

　また、話が危険になった。

　一時期、田毎も荷物を担いで、丸孫の加工部に通っていたことがあった。だが、それは、楽しい役割だった。田毎が丸孫に行く時刻を見計らったように、必ず鶴子も加工部に納品に来ていたからだ。

「本当よ。昔から思えば、下へも置かない扱いよね」

　と、鶴子が言った。

「だからいいんじゃないか。潤子は鶴子先生を尊敬しているよ」

「嫌ね、田毎さんまで鶴子先生だなんて」

「からかっているわけじゃない。古いけど、翔《と》んでる女性というのがあった。今の君はそんな感じだ」

「……奥さん、何をしています？」

「今、デパートのマネキンをしている」

「田毎さんの奥さんだって、翔んでるんじゃありませんか」

「……翔んでるとしたら、かなり不器用だな。鶏みたいに、いつもばたばたしている」

「じゃ、お仕事は、田毎さんだけ？」

「そう」

「独りじゃ、大変でしょう」

「ちっとも大変なものか。言うまいと思えど、閑だね」

「……本当にそうなら、お願いしたいものがあるんだけれど」

「更藤の仕事なら、ご免だよ」

「そんなんじゃないわ。わたしの、個人的な着物」

「それなら、喜んで引き受けよう」

「昔、作った色留袖《とめそで》なんだけれど、今見ると、とても地味なの。何かをあしらって、派手にしてもらいたいの」

「派手に、ね」

「ええ、思い切って派手に。柄はお任せするわ」

「判った。すぐ、取り掛かろう」

「別に急ぐわけじゃないのよ」

「そっちが急がなくても、こっちの腕が鳴っている」

話の間にも、鶴子は盃を重ねていた。久し振りに会う鶴子に、驚かされることが多かった。

鶴子は酔った目を、田毎に向けた。

「わたし、田毎さんが羨《うらや》ましいわ」

「……冗談言っちゃいけない。家の中はいつも火の車だ」

「お金のことを言っているんじゃないの。昔のままの仕事がしていられて、嫌な仕事は断わることができて、追い回されず、お得意さんには、納得のいく仕事しか渡さない。そうなんでしょう」

「それは、僕が不器用だからさ。人付き合いが下手《へた》だから、仕事が欲しくっても、取れないだけだ」

「でも、田毎さんなら、いつも工料以上のものをお得意さんに渡しているんでしょう」

「それは、そうだね」

「そんなことができるんだから、素晴らしいと思うわ」

「しかし……それはプロのすることじゃない」

「だって、昔はそんな職人が多くいたでしょう」

「そうだね。だが、今、そんなことをしているのは、ばかだけだ」

「わたし、最近、そんな人に憧れているのよ」

「……それこそ、贅沢というもんだろう」

「贅沢かしら」

「贅沢だね」

鶴子は小さく頭を振った。酔いをまぎらしているようにも見えた。

「じゃ、仕事の方は、近い内届けますから、お願いしますね」

「電話を掛けてから来てくれないか。独りだから留守のときがある」

「……電話番号、変っていませんね」

「ああ。でも、念のために名刺を渡しておこう」

それが、田毎のところから出て行った三枚目の名刺だった。そして、最後の一枚は、若月服飾の六月の展示会のとき、交換したことを覚えている。

二、三日して、鶴子から電話があった。
「縫箔の他に、もう一つだけ頼みたいことがあるの」

と、鶴子は言った。

「僕にできることかね」

「ええ、仕事を教えてもらいたい子がいるのよ」

「縫箔の？」

「ええ」

「そりゃ、駄目だ。第一、僕のところじゃ、弟子に小遣いもやれないよ」

「それでも、いいんですって」

「……仕事を覚えたって、食っちゃいけない」

「それも、承知しています」

「誰だね、そんな茶人は？」

「潤ちゃん。ほら、田毎さんがパーティで会った、三浦潤子」

「……あの子かい」

「潤ちゃんから、ぜひ、わたしに頼んで欲しいって……」

「余所の弟子を取るわけにはいかない」

「わたしがいいと言ってるんです」

「……しかし、僕は人に教えたことなど、一度もない」

「昔からの仕来たりでいいんです。潤ちゃんに、掃除洗濯をさせたり、使いに出したりして、その合い間に、傍で仕事を見せてやって下さい」

「……そんなことをして、どんな得があるんだね」

「損得じゃないんです。あの子は、そうしなくては、気が済まなくなったんですって」

「おかしな子だね」

「とにかく、潤ちゃんに仕事を持たせてやりますから、田毎さんが嫌なら嫌と、はっきり言って下さい」

しばらくすると、潤子が風呂敷包みを抱えてやって来た。茶のセーターに、ジーンズだった。

「昔ながらの職人が、今じゃ変っていて、恰好よく見えるかも知れないが、本当は孤独で、暗ぁい仕事の連続だ」

と田毎は言った。

「どんなことでも、辛抱します」

潤子はジーンズの膝を窮屈そうに揃えて、きちんと頭を下げた。

「僕は初心者に手を取って教えてやることもできない」

「それは、鶴子先生から言われて、承知しています」

見ていると、気の毒に思うほど思い詰めているようで、追い返す気にもなれない。それと、この若い娘が、田毎とパーティで会って、どんな心境の変化を起こしたのか、見当も付かない。

「鶴子先生と電話をしてから、よく考えたんだけれど、僕の弟子になるには、まだ、条件があった」

「……難しいんですか」

「なに、易しいことさ。僕の呼び名だがね。弟子になれば、田毎さんはおかしい」

「はい、先生と呼ばしてもらいます」

「その、先生が嫌いなんだ。旦那と言いなさい」

「……旦那、ですか」

「内の神さんは、お神さん。それだけだ」

「旦那に、お神さんですか」

「そうだ。わけはないだろう」

「はい、一生懸命、覚えます」

「別に、一生懸命でなくてもいいんだがね。今日、君が持って来たのは、鶴子先生の着物だね」

「はい」

潤子は風呂敷包みから畳紙《たとう》を取り出して解いた。

留袖はお納戸色の一越縮緬《ひとこしちりめん》の一つ紋。裾模様は遠景に岩と松で、あとは青海波《せいがいは》崩しの波という、ごく渋好みの柄だった。

田毎は一目見て、波の上に大きな二羽の鶴を飛ばし、波には金銀の糸で、立浪をあしらう、という構想がまとまった。

田毎は潤子に言った。

「じゃ、こうしよう。今日からこの仕事に取り掛かる。その間に他の仕事が入るかも知れないから、仕上がりはいつになるか判らない。でも、二週間以内には上がるだろう。その間、君は仕事を見ていなさい。そうした上で、本格的にこの仕事を覚えるか、そうでないかを決めなさい」

「はい」

「じゃ、早速、身頃を解き、地熨斗《じのし》をする。判ったね」

潤子が着物を解いている間、田毎は机に向かい、墨をすって、和紙に草稿を描き始めた。すでに、鶴子のことは頭になく、生地に向かう職能だけが働きだしている。

鶴は左やや上に首を伸ばし、三日月形に大きく双翼を拡げさせる。二羽の鶴はアニメーションの原画のように、わずかな違いを持たせる。

着物を解き終えると、アイロンで地熨斗。生地を手にしたところで、絵羽縫《えば》い。これは図柄の合口を合わせるための仮仕立てだ。

ガラス机の上に草稿紙を置き、その上に絵羽を重ね、下から電燈を当てて、下絵描きに移る。皿に胡粉《ごふん》を溶き、面相で正確に草稿を写し取る。

その日は、それで終った。

夜、加代子が帰って来て、そのことを話すと、しきりに首を傾《かし》げていたが、

「どう考えても、変だわ」

と、言う。

「火加減、湯加減だわ、そりゃ」

「何だい？」

「若月は一子相伝の秘法を盗みに来たのに違いないわ」

「縫箔屋にそんな秘法はないよ」

「まだ判らないの。その子は若月が廻したスパイよ」

「スパイなもんか。教えてくれと言うから、教えてやるだけだ」

「あなたはお人好しだから、いつもそうして欺《だま》されるのよ。若月には前にも煮え湯を飲まされたことを忘れたの」

「……忘れちゃいない」

「見ていてご覧なさい。その子は、あなたの技術を覚えると、さっさと若月に帰って、仕事を始めるわ」

「向こうはミシンだ。仕事が違う」

「そんなことを言ってるから、向こうの思いのままになるのよ。若月は今度は手縫いの仕事も食い荒す気だわ。第一、自分のところで三年も仕込んだ子を、易易と手放すわけはないでしょう」

「……そう言えば」

　更藤の宮入が、縫紋の職人を捜していたのを思い出した。隆司はそれに割り込もうと考えたのだろうか。

「何か思い当たることがあるの？」

「……いや、違うな」

万一、加代子に、更藤の仕事を断わったことが知れたら、一大事だった。この、怠け者、と罵《ののし》られること請け合いだ。

翌日、潤子は加代子の出勤前に来て、まだ田毎が仕事に掛からないなと思うと、バケツに水を汲んで、窓ガラスを拭き始めた。

「いよいよ、スパイね」

と、加代子がそっと言った。

「何か下心がなけりゃ、今時あんなことをする子は、絶対にいません」

「……そうかな」

「今度は何を始めるか、ちゃんと判っています」

「一体、何だい」

「色仕掛けよ。色仕掛けで、あなたを丸め込むの。あなたは鼻の下が長いんですからね。気を付けるのよ」

「判っているよ」

その日は、下絵のできた絵羽を解いて、縫台に張り、色糸を合わせ、不足な糸を染料で染める。糸はそれぞれの太さにして、撚《よ》らなければならない。撚り方も用途によって、強さの加減を変える。糸が揃ったところで、縫いに掛かる。

それから二、三日して、松本屋が仕事を持って来た。松本屋は潤子の顔を見ると、びっくりしたような顔をした。

田毎は潤子を引き合わせた。

「何だか、相当、物好きみたいな子なんだ」

「いや、物好きでも何でも、職人は増えるようじゃなくっちゃね」

田毎は潤子に茶をいれるように言った。

「お宅は綺麗な仕事だから、女の子の来手もある。そこへいくと、内なんか、たまに手伝わせようとしても、伜《せがれ》の奴、手に染料が食い込むなどとぬかす」

松本屋が持って来たのは、黒の留袖で、客が煙草《たばこ》の火を落としてしまったのだという。着物を拡げてみると、上前の膝のあたりに、小豆《あずき》大の穴ができていた。

「裾にある小菊に似せて、この穴の上にあしらってほしいんだがね」

と、松本屋が言った。

「この程度なら、わけなくできます」

「それが、ちょっと急ぐんですがね。客が内に持って来るのを忘れていて、着て行こうとして、簞笥から出して見たら、この有様だったそうでね」

「……明日までじゃ？」

「だったら助かります。ぜひ、間に合わせて下さい」

松本屋はほっとしたように、煙草へ火を付けた。

「たまに来ちゃ、変な急ぎを持って来て、申し訳ない」

「いや、遠慮することなんかありませんよ」

「それからね、田毎さん、縫紋をやってくれないかしら」

「……今迄、出していたところがあるんでしょう」

「それが、最近、すっかり年を取っちゃって、どうも思うようでないんだ。内に一人、喧ましいお客がいるんですが、その縫いじゃ満足してくれないんでね」

「そんなわけなら、いつでも持っていらっしゃい」

「田毎さんが引き受けてくれると、助かります。その縫紋屋さんは、芥子縫《けしぬい》だけで、他の縫を注文しても、あまりいい顔をしなくてね」

田毎は縫紋帳を取り出して、松本屋に見せた。

そこには、約三十種類の縫い方で、百以上の縫紋が綴《と》じられている。

松本屋は眼鏡を取り出して、縫紋帳を見渡した。

「凄い仕事だね、これは。これなら文句の付けようがない、なんてもんじゃない。誰が見ても、びっくりするよ。これ、田毎さんが縫ったの？」

「いや、僕は不精だから、そんな縫紋帳は作らない。敗戦直後、まだ、仕事がなかったとき、親父が腕慣らしに縫ったんです」

「これ、全部できる？」

「注文があればね」

「偉いもんだ」

「偉くはありませんよ。手順を覚えれば、後は根気だけですから」

松本屋が帰った後、潤子は縫紋帳が気になるようだった。潤子がスパイだとしたら、当然だろう。

「縫紋帳が見たいかい」

と、田毎は訊いた。

「はい」

「見ていいよ」

潤子は縫紋帳をそっと取った。

それとなく見ていると、その一つ一つを飽かず眺め、そのうち、頬が紅潮していくのが判った。

「そんなに面白いかね」

と、田毎が声を掛けた。

「面白いなんて……感動です」

「しかし、縫紋なら、全部覚えなくてもいい。芥子縫に、菅縫《すがぬい》。あとは、せいぜい蛇腹《じゃばら》ぐらいできれば、間に合ってしまう」

「わたし、全部覚えたいわ」

「覚えたって、仕事がないよ」

「それでも、いいんです」

実用のものだけを盗むスパイとは、ちょっと違うようだ。

「変な子だね。潤子は」

「旦那の方こそ、ずっと変っていますよ」

「……そう、見えるかね」

「だって、更藤の仕事は断わって、松本屋さんの急ぎは喜んで引き受けているんですもの」

「なるほど……寄らば大樹の、反対をいっているな」

「工料の方はどうなんですか」

「……そりゃ、更藤からの方が、ずっと取り易い」

「わたしも、そうだろうなあ、と思っていました」

「実にどうも、呆れ返らないかい」

「どうして?」

「見ていたろう。一羽の鶴を縫うのに、三日でも四日でもかじり付いている」

「ええ」

「魚だったら、とうに腐っているよ。これが、ミシンならどの位で縫える?」

「二時間ぐらいでできてしまいますね」

「でも、工料はミシンと大して変りがない」

「旦那の、そんなところを尊敬しているんです」

田毎は首を傾げた。

「潤子が尊敬しているのは、鶴子先生じゃなかったのかい」

「鶴子先生は、勿論《もちろん》、尊敬していますけど、旦那とはちょっと違うんです」

「どう違う?」

「鶴子先生は理性の人。旦那は何と言ったらいいか……お金では動かせない人間味のある、矢張り、職人さんね」

「……ふうん」

「旦那は、なぜ、鶴子先生と結婚しなかったんですか」

「………」

「二人は愛し合っていたんでしょう」

「何だね、いきなり。びっくりするじゃないか」

「でも、鶴子先生は今でも、旦那のことを思っているんですよ」

「鶴子先生が、そう言ったのか」

「いいえ。でも、わたしが見れば判ります。鶴子先生はわたしが旦那のところで仕事を覚えたいと言ったら、すぐ、賛成してくれたんですよ」

潤子は田毎が忘れようとしている、甘辛いものを思い出させた。

鶴子の、柔らかな唇の味だった。


縫いがほぼ完成するころ、鶴子から電話があった。

六月の展示会を開くので、二日間ほど、潤子を借りたいと言う。

「勝手なことをお願いして悪いんですけれど、どうしても手が足りなくなって」

と、鶴子は言った。

「遠慮しなくていいよ。潤子はまだ正式に内の子になったわけじゃない」

「済みません。潤ちゃんは何かにつけて慣れているもんですから」

「ところで、今日、明日にも留袖が仕上がるんだが、どうしよう」

「嬉しい。すぐにも見たいわ。でも……」

「忙しいのなら、届けてやろうか」

「そんなことをしてもらっちゃ」

「こっちは構わない。日曜は神さんが同窓会で、僕は留守番だ」

「じゃ、そうしてもらおうかしら。展示会の夕方、七時には身体が空きます」

田毎は仕上がった縫いにアイロンを掛け、模様を合わせて絵羽縫を仕上げた。

展示会の会場は目白の結婚式場だった。

手入れの行き届いた庭園に面した会場で、約束の時間、田毎が着くと、もう、ほとんど客の姿はなく、従業員達が片端から品物を段ボウルの箱に詰めていく。

田毎は入口のあたりで、豪華な裲襠《うちかけ》の前に立って、ぼんやりと眺めていると、

「いらっしゃいませ」

潤子が傍に寄って来た。

潤子は紫地に花の刺繡を散らせたツーピースの着物に、金の兵児帯を腰の横で結んでいた。

「ほう……モダンだね」

と、田毎が口を丸くすると、潤子がくすっ、と笑い、太いブレスレットを着けた手を振った。

「ちんどん屋みたいでしょう」

「いや、君ならよく似合う」

「嫌ね。旦那はわたしに先入観を持っているのよ。本当は、わたしの好みはアンチックなんです」

会場を見ると、同じ身形《みな》りをした女性が、そこここで働いている。展示会の制服なのだろう。

会場の一部は畳敷きで、そこは特にきらびやかだった。豊かな色彩の衣装が、一面に散らされ、五彩の海を見るようだ。

「鶴子先生から言われています。ちょっと、お待ち下さい」

潤子が田毎を喫茶室に案内した。

「旦那、お飲物は。緑茶にしますか」

田毎は言った。

「潤子こそ先入観が強い。僕はこれでもモダンでね。珈琲《コーヒー》をもらおう」

「はい」

潤子はボーイを呼び、珈琲を注文して、鶴子先生を呼んで来ますと言い、喫茶室を出て行った。

田毎は潤子のハイヒールを見ながら、改めて時代の流れを感じた。着物の柄は勿論のこと、着方までが、斬新奇抜だ。洋服の感覚でどんどん着物を取扱う。それでなければ、若い客をつかめないのだ。

「田毎さん、ご無沙汰しております」

振り返ると、若月隆司だった。

喫茶室に隆司がいることは気付いていたが、態《わざ》と視線を合わせなかった。若月勇次郎と藤造が大喧嘩をして以来、どうも気まずく、組合で顔を合わせても、碌《ろく》に挨拶も交わしていない。

だから、田毎は隆司から声を掛けられて、まごつきながら腰を浮かせた。

「これは……ご盛会で、何よりです」

背が高く瘦せ気味。一見、神経質そうに見えるが、笑顔が人懐っこく、話す調子が豪快な感じがする。

「お蔭様で、どうにか終りました。いや、気骨《きぼね》が折れます」

「……いかがです。今回の成績は」

「今一つでしたね。生憎《あいにく》なことに、ここのところ、急に暑くなったでしょう」

正直に内情を話す隆司が、意外な気がした。田毎は当たり障りのないことを言うことにした。

「いや、拝見しましたが、どれも創造性豊かで、素晴らしい」

「僕達がやっていることですか?」

隆司はふと、油断のない表情になった。世辞だと思っているのだろう。田毎は実感をこめて言った。

「ええ、並みの努力ではできない仕事だと思います」

「まあ、苦労はしているんですがね。最近はこんなことも始めました」

隆司は笑顔に戻り、札入れの間から名刺を取り出した。見ると「和装ジャガード刺繡」という肩書きが入っている真新しい名刺だった。

「ほう……着物にジャガード刺繍をするんですか」

と、田毎が言った。

「まあ、色色試してみるわけです。下手な鉄砲も何とかという口ですよ」

「あなたの仕事はいつも新しい客を開拓していく。大したもんです」

田毎は角の擦れている自分の名刺を隆司に渡した。

それが、四枚目の名刺だった。

「なに、今日、店員に着せている着物でも、弟が送って来た絵葉書の民族衣装を見て思い付いたもので、創造というような大したもんじゃありません」

「……弟さんは、バンコクでしたね。お元気ですか」

「ええ。弟がいるうち、一度は遊びに来いと言われているんですが、何しろこの状態でしょう」

「いや、人は忙しいぐらいじゃないといけない。でないと、覇気もなくなります。閑があっても旅行もしたくなくなる」

「旅行……いいですね。最近、お盆でも郷里の相馬《そうま》へ行けないほどです。毎年、十一月八日に寒磯《さむいそ》の火祭があるんです。今年あたり、ぜひ見たいと思っているんですよ。つくづく、こんな生活、何か違うんじゃないか、と考え込むことがありますよ」

「若月さんのとこは社員が大勢いる。その気になれば、どこへでも自由に行けるんじゃないですか」

隆司は何か言おうとしたが口を閉じた。喫茶室の外に知り合いを見たようだ。

「ぜひ、近い内にゆっくりお話がしたいんです」

隆司は腰を浮かせて言った。

「家内の仕事を引き受けて下さったそうですね。家内も言っています。田毎さんとは昔のような付き合いがしたい、と」

「いいですね。内の親父もお袋も死んでしまった。仲良くして文句を言う者はいませんからね」

「ちょっと失礼」

隆司は喫茶室から出て行き、その男に近寄った。

相手は丸孫の横倉だった。横倉は喫茶室の方に足を向けようとしていたのだが、隆司がそれを押し止どめる身振りが見えた。すぐ、二人は展示室の出口の方へ歩いて行き、姿を消した。

しばらくすると、鶴子が小走りで田毎のテーブルに来た。

「ご免なさい。遅くなって」

鶴子は黒地に紫の裾ぼかし、菖蒲《しょうぶ》に流水の模様で、沢瀉《おもだか》の丸の西陣の帯を締めていた。

「今、ご主人と挨拶していた」

と、田毎は言った。

鶴子はあたりを見廻した。

「あら、どこへ行ったのかしら」

「丸孫の横倉氏と、展示室を出て行ったよ」

「まあ、往き違いね」

鶴子はほっとしたように言った。

「じゃ、よかった。あの人に捕まると、しつこいんだから」

「ご主人も、よく働くね」

「……ええ。今度も、何日か徹夜だったわ」

そう言われると、鶴子は桜井の祝賀会のときより、また痩せて見えた。鶴子は田毎の風呂敷包みに目を止めて言った。

「部屋が取ってあるんです。そこで、拝見したいわ」

鶴子は先きに立って歩き、もの慣れた態度でエレベーターのスイッチを押した。

部屋は三階だった。鶴子は廊下を曲った角の部屋の前に立ち、バッグからキイを取り出して、ドアを開けた。部屋はゆったりとしたツインルームだが、床には段ボウルが乱雑に置かれている。

鶴子は窓際の椅子に田毎を坐らせ、畳紙を受け取って、テーブルの上で開いた。

「まあ……生まれ変ったみたい」

鶴子は絵羽を拡げ、感に堪えないように縫いを眺め手に触れて糸の感覚を確かめていたが、嬉しそうに畳紙から出して、身体に巻き付け、鏡台の前に立った。田毎は思い切って派手にしたつもりだったが、それでも、今着ている訪問着よりは目立たない感じがした。

「まだ、地味だったかな」

と、田毎は言った。

「いいえ、わたしには派手なくらいです。その上、気品があって、矢張り、本物は違うわ」

「そう違わないよ。さっき、ちょっと見ただけだけれど、ミシンは素晴らしく進んだね。びっくりした」

「こけ威《おど》しですよ。何としても、人目を引きたいから。だから、どうしても飽きがくるんです」

鶴子は身体に巻いただけでは満足しないようで、両袖に手を通し、胸を合わせて裾を引き上げた。

「矢張り、帯が邪魔だわ」

鶴子は両手を袖に入れ、腰のあたりを爪繰《つまぐ》っていたが、そのうち、帯締めや帯が裾の中に落ちた。鶴子は身をかがめて帯を拾い、鏡台の前にある椅子の上に置いた。西陣を手繰《たぐ》ると、椅子の上に金銀の波が山に重なった。
鶴子は再び身体を動かして、裾ぼかしの上着も床に落とした。上衣を裾から引き出して、
鶴子は改めて腰帯を拾い、身体に巻き付けた。着換え慣れているのだろうが、それにしても
びっくりするように素早い手捌《てさば》きだった。
「どう?」
鶴子は鏡台の前に立って、襟を合わせた。
「よく、似合う」
世辞ではなく、金ぴかの衣装を着た鶴子よりは、数段と気品にあふれていた。二羽の鶴は
純白の平糸、丹頂に赤のアクセントを置き、喉と尾羽根は濃い紫、波頭には銀糸を使った縫
いだった。
仮絵羽だけに、肩のあたりに着崩れができた。田毎は鶴子の後ろに廻り、その部分をつく
ろってやった。
「君も、子供みたいなところがあるんだな」
と、田毎は言った。
「新しい着物を着ると、全く幸せそうな顔をする」
「女はいくつになっても、そうよ」
「そう……いつの時代でも、きっと同じだな」

「でも、今のわたしの気持は、もう少し、違うわ」

「どう違う？」

「当てられるかしら」

「……僕は男だからな。見当も付かない」

「見当ぐらい付くでしょう」

「……娘に戻った感じかな」

「近いわね。わたし、娘に戻って、それから？」

「………」

「田毎さんに抱かれているみたい」

鶴子は鏡の中で、そっと田毎を見詰めた。田毎はあわてて目を逸《そ》らせた。

田毎は仕事をしているとき、これが、どんな形で女性に着られるのか、考えたことはない。だから、現実にそれが鶴子にまとわれても、ただ、その仕上がりだけが気になっていた。不意を打たれて、田毎は返答が出なくなった。鶴子の熱い視線が追って来た。

「そんなの、迷惑？」

「しかし、それは……唐突だ」

「ちっとも、唐突じゃないわ。昔のことを思えば」

「……昔のことは、終っている」

「だから、あの約束もお終いになった、と言うの？」

鶴子に昔のことを言われ、混乱してくるのが判った。

「鶴子先生は、理性的だと、潤子が言っていたよ」

「……そうね。あの子の目は確かだと思うわ。でも、もう、あの子はわたし達を軽蔑《けいべつ》しているわ」

「軽蔑？」

「さっき、あの子のコスチュームを見たでしょう。あの子はあんな恰好をさせられるのが本当は嫌いなのよ」

「だが、それは商売のためじゃないか。そのため、君の人柄まで軽蔑しているわけじゃあるまい」

「………」

「それなのに、潤子に聞かれたら怒られそうな軽弾みなことを言う。本当に僕がその気になったら困るだろう」

「いいえ、嬉しいわ。今日、そのつもりだったんです」

難しい仕事を終えたばかりだった。田毎の気持が放縦《ほうじゅう》を求めていた。

鶴子は両手を背に廻して帯を解いた。鶴の留袖を脱ぐと、下は茜色の長襦袢《ながじゅばん》に、純白の伊達巻だった。

田毎の生活は、毎日同じ繰り返しだった。

朝はサラリーマン並みに起きる。加代子と息子達を送り出した後は、すぐ、縫台の前に坐る。昼食は朝加代子が作った弁当の残り。少し昼寝をしてから再び縫台に向かい、夕方になると、都のむらで一杯飲《や》っているうち、加代子と息子達が帰って来る。至って単純なものだ。日曜、祭日は家族は休みだが、田毎の方は変らない。仕事があれば縫台に向かうし、ないときはテレビの前にいる。息子達は独りでさっさと遊びに出掛けてしまう年齢で、加代子は勤めに出るようになってから、休日には外へ出掛けるのが好きになった。

仕事が忙しいときには、単調な毎日の繰り返しが苦痛だった。何のための人生だろうと、仕事を呪わしく思ったこともあった。だが、昨今、仕事が途切れるようになって、いつでも行きたいところへ行けると思うと、逆にどこへも出掛けたくない気持だ。

結局、不精な質《たち》なのだと思う。最近では、案外、これが自分に一番向いた天職なのだと思うようになっている。

それが、桜井幸次郎の叙勲祝賀パーティで鶴子に出会ってから、日日が不思議な曲折をもつようになった。

最初に、三浦潤子が、田毎の仕事場に出入りをするようになり、若月の展示会では、思い掛けなく、鶴子と昔の情を蒸し返すことになった。それから四か月になるが、その間、自分の知らないところで田毎の名を使っている者が現われた。しかも、そのどれも、意味がよく判らない点が気に入らない。

田毎を含めて、職人のものの考え方は、案外、合理的なのだ。仕事は正直で、紛れや運の入り込む余地がないからだ。職人の実力は、そのまま仕事に現われる。気を入れれば入れるだけのものが、形になって見えてくる。ちょっと気を抜けば、抜いただけのものしか出て来ない。これは、神仏にすがってみても、どうすることもできない。いつも、いい仕事をするには、油断なく手を進めていくしかない。

だから、日によって客の出入りや売り上げが違う商人とは、基本的な考え方が違っていると思う。

田毎は最近、身の周りに起きた変化が、どれも割り切れないので、気になって仕方がなかった。

最初に潤子だが、潤子は正式に、田毎のところへ弟子入りをし、巣鴨《すがも》の自宅から通うようになった。なかなか仕事熱心で、手の筋もいい。何でも覚えようという意欲が強く、芯からこの仕事が好きらしい。といって、将来が楽しみだ、と呑気に構えているわけではない。加代子の言う通り、潤子は若月から出た人間だ。スパイとは言わないまでも、仕事だけ覚えたところで、忙しい若月のところへさっさと帰ってしまうかと思うと目が放せない。

鶴子の場合は、もっと複雑だった。

今になって、なぜ昔の思いを突然、吹き出させたのか、それからして判らない。身体のことだけを言うと、鶴子は極めて深い境地を知っていた。そのときの鶴子は感覚が高じると、自ら枕を押し放す姿だったが、燃え散ってからは、何かを悟ったように醒《さ》めた感じで、

「ときどき、わたしと同じ夢を見ませんか」

と、言った。田毎はそれに答えることができなかった。

元元、鶴子は自分から求めたりはしない性格だった。

田毎の知らない間に、そうした型の女に変ったのかと思い、それとなく潤子に訊くと、鶴子は他人が猥雑《わいざつ》な話をしても、露骨に嫌な顔をするという。それなら、昔の鶴子と同じだ。ありふれた恋で、潤子にでも聞かせたら、それでも恋愛なんですか、と言われそうだった。だが、田毎は真剣だった。若月のやり方に腹を立てた藤造に、若月の娘など嫁にするなど、以《もっ》ての外《ほか》だと頭ごなしに叱り付けられたときには、本気で駈落を考えたものだった。腕があるから、京都へ行けば何とかなる。田毎は手荷物一つだけ持って、東京駅で鶴子を待つことにした。だが、その当日、母親が脳出血で倒れた。葬儀を終えたとき、田毎は家を捨てることができなくなっていた。

その約束がまだ終っていない、と鶴子は言った。それを切り出されると返す言葉がないのだが、なぜ今になって昔に引き戻そうとしたのか。

田毎の名を使い、色色なところに出没している男のことになると、これはもう、田毎の思考外にある。都のむらの女将の話では、その男は女性を同伴していたらしい。

それは、田毎の最近使った四枚の名刺のどれかを見た男に違いないと思うが、誰が何のためにそんなことをしているのか、見当も付かない。

松本屋が霧押えの縫紋を取りに来たのは、十一月三日。

翌日、潤子が三日振りで、仕事場に姿を見せた。少し陽焼けして、肌が健康そうだった。

「どうだったね。旅行は」

と、田毎が訊いた。

「とても素敵でした。天気も良かったし、二見《ふたみ》が浦《うら》の日の出も最高だったし、それから……」

それからの話は、加代子が出勤して行ってから話してくれた。

「それから、男のお友達ができたんです。向こうが二人、こっちが二人だったでしょう。ちょうどよかった」

「……不良なんかじゃ、なかったんだろうね」

潤子はにこっと笑った。

「旦那は内の父のようなことを言うわ」

「当たり前だ。昼の間は一応君の身体を預っている。責任がある」

「ご心配なく。大丈夫よ。四人でレンタカーを借りて、鳥羽《とば》から志摩、七里御浜《しちりみはま》を南に下り、串本《くしもと》までドライブしました。本当に、最高だったわ」

古典が好き、と言っても、そこは矢張り若者だ。

「そりゃよかった。だが、相手はどんな男だね」

「大学の四年生。形岡《かたおか》君というの。光学工業の会社に就職が内定していて、これから卒論を書くんですって」

「どこの人？」

「東京の深川門前仲町《ふかがわもんぜんなかちょう》の生まれです。家は婦人洋品店で、形岡さんはそこの次男坊。趣味は囲碁なんですけど、わたしが縫箔を習っていると言ったら、ひどく興味を持って、色色なことを訊かれました」

「……次男というと、条件は悪くなさそうだ」

「何の条件ですか」

「決まっているじゃないか。結婚の条件さ。次男の方が、何かにつけて気が楽だろう」

「あら……わたし、結婚のことなんか、全然考えていないわ」

「……そんなものかな」

「変ね。内の父も同じですけど、昔の人は、結婚を考えに入れなくては、女の人とは付き合えなかったんですか」

言われればその通りだ。確かに今の若者の方が、付き合いが上手で、社交は柔軟だ。

「連休の間、旦那は何をなさっていたんですか」

と、潤子が訊いた。

「ずっと、内にいた」

「どこへも出掛けなかったんですか」

「下の都のむらも休みだったから、食べ物に困った。デパートの食堂ぐらいしかやっていないが、どうも、あの食堂ってのが苦手でね」

「結局はデパートでお食事でしたか」

「うん」

「外では知り合いの方と、お会いになりませんでしたか」

「誰とも会わない。皆、遊びに行ってしまったさ。ただ、昨日の夕方、松本屋が仕事を取りに来た」

「あの、霧押えの紋ですね」

「似た者同士さ。松本屋も連休は家中が留守になって、ばかばかしいから、無駄話をしに来たのさ」

するとと、潤子は何かを考え込んでいたが、ふと、こんなことを言った。

「日曜日、十一月二日の夜、わたしは鳥羽の民宿に泊ったんですけど、その夜、変な夢を見ました」

「……」

「夢の中で、わたしは川奈《かわな》にいるんです。ほら、伊豆の川奈温泉。なぜそこにいるかというと、そのホテルでお見合いをさせられているんです。ところが、お見合いの相手というのが、誰だかさっぱり判らない。相手に付いて来た人達も、です」

「不思議だね」

「ええ。でも、夢なんて、大体そんなもんでしょう。相手の方はまるで靄《もや》の中にいるみたいなんですけど、わたしに付き添ってくれている人はよく判っています。その一人は、旦那で、もう一人は鶴子先生でした」

「何か、またからかわれているみたいだ」

「いいえ。本当の話なんです。お見合いだというのに、旦那と鶴子先生はわたしを放ったらかしで、ご一緒にお風呂に入ったりして、仲の良いことばかり」

「もう、いいよ」

「はい。それだけで終りなんです。でも、その川奈温泉のホテルの名前まで、はっきりしているんですよ。そのホテルは、東ホテル。伊豆の東にあるホテルなので、そんな名が付けられたんでしょうね」

「東ホテル……どこかで、聞いた名だ」

「お泊りになったこと、ありますか」

「いや、ない。川奈へは前に行ったことがあるけれどね」

「旦那と鶴子先生の部屋は、東ホテルの三〇三号室。覚え易いでしょう」

「……うん」

「旦那は桜井さんの祝賀パーティで着てらした背広。グレイの上下で、ネクタイは紺の縞《しま》だったわ」

「背広はそんなものしか持っていない」

「鶴子先生は着物で、縞の結城紬《ゆうきつむぎ》に、幸菱《さいわいひし》を織り出した樺《かば》色の帯。帯締めは白茶の組紐です」

「ふうん……」

「つまり、わたしがいつも、旦那もたまには旅行ぐらいしたらいい、と思っていることが夢になったのね」

「……とすると、かなりお節介な夢だ。潤子も変な夢を見たものだ」

「そうね。でも、鶴子先生と一緒だなんて、夢でも口惜《くや》しかった」

「潤子は川奈温泉の東ホテルに泊ったことがあるのかね」

「それが、ないんです。面白いでしょう」

鶴子は別れるとき、ときどきわたしと同じ夢を見ませんかと言ったが、田毎は潤子の夢の中で、二度目の逢瀬を楽しんだことになる。

奇妙な暗合だが、高が夢のことと思って、気に留めはしなかった。

その日の夕方、潤子が帰った後、二日ぶりで都のむらへ行こうとして階下に降り、ふと郵便受けを見ると、四角な茶封筒が入っていた。

封筒を手に取ると、紙だけでない重さを感じた。四角な茶封筒には伊豆川奈温泉、東ホテルと印刷されている。田毎は急いで封を切った。

白紙に包まれた小さなものと、一枚の便箋《びんせん》が出て来た。

便箋には、毎度ご利用いただき、有難うございます。十一月二日、お客様がご利用いただきました部屋を片付けましたところ、ドレッサーの隅からブレスレットを見付けました。お客様のお忘れ物と思いますので、取り急ぎお送りいたします、という文面だった。白紙を開いてみると、細い金鎖が流れ出して掌の上に落ちた。

田毎は改めて封書を見た。宛書ははっきりと田毎ビル田毎敏様と書かれている。

潤子の言ったことは、夢ではなかったのだ。

現実に、田毎敏は十一月二日、伊豆川奈温泉の東ホテルに一泊した。その相手は疑いもなく、若月鶴子だ。その、鶴子がこのブレスレットを忘れて来たのだ。

田毎はブレスレットを拾いあげた。金の鎖は蛇の鱗《うろこ》のように指に絡まった。金の不思議な重みと、怪しい光沢《こうたく》が、田毎にある感覚を連想させた。連想は移行して、鶴子の肢体に及んで立ち止まった。田毎はブレスレットを元の白紙に包み、ポケットに入れた。

東ホテルに鶴子と投宿した田毎は、洋洋荘では都のむらの女将に宿帳を見られている。池袋のデパートでは、鶴子とはぐれたかして、アナウンスで呼び出されている。その三人は、同一人物といって間違いなさそうだった。

それが、誰だかは、まだ判らない。

都のむらに入ると、若月隆司が独りで酒を飲んでいた。


「田毎さんが、毎晩ここで食事をすると、潤子から聞きましたのでね」

と、隆司が言った。

隆司は艶のいい紺の背広に縞のネクタイ、前のカウンターに二本の徳利が並んでいた。田毎を見ると、都のむらの女将に、奥のテーブルに移りたいと言った。

「六月の展示会以来でした。あのとき、近い内、ぜひ話がしたいと言いましたが、つい、何やかやに取り紛れて――」

奥のテーブルに腰を下ろして、隆司は改めて酒を注文した。

「なかなかいい店ですね。いい酒を使っているし、器も吟味している。僕は前からこんなところで話がしたかったんです。田毎さんは魅力的な人生哲学を持っていますから」

「……哲学だなんて」

「いえ。あの、潤子がころりと田毎さんに参ってしまったじゃありませんか」

「あの子はちょっと変ってるんですよ。同病相憐《あいあわ》れむって感じでね」

「本当は、田毎さんから見ると、仕事に追い廻されている僕の方が、病気に見えるんじゃありませんか」

徳利が来ると、隆司は酌をし、肴《さかな》を見繕うように言った。最初から、ごく何気ない態度だったが、ただの世間話をしに来たのではないことが判った。

「実際、僕なんか、深い考えもせずにその日を送って来ている。ただ、食べるために働いているようなもんです。相馬の百姓の生まれですから、苗を作り田に植えて待っていると自然に実りの秋になって稲を刈り取る。翌年もその翌年も同じ。その内、次男坊三男坊は邪魔にされて東京へ出て来る。そして、食べるために職を見付ける。大学を出ていないから、働く場所さえありゃいい。考えて職を選ぶなんてことはできませんでしたね」

「……最初の仕事は？」

「スーパーの店員をしていました。新聞の求人欄を見て入ったわけです。毎日、倉庫と売場を行ったり来たりです」

「じゃ、全然畠違いだったわけだ」

「ええ。その支店長と若月の先代が知り合いだったのです。その当時、先代は若月家を継ぐ婿を捜していました。それも、かなり急いで」

隆司は最後の言葉の前で視線を逸らせ、杯を手にした。

多分、若月の先代は鶴子の心が田毎のことしかないのを知って焦っていたのだ。

「その噂は僕の耳にも入って来ましたよ。今度、若月に来た婿は真面目で働き者だ。その上、とても人当たりがいい、と」

「いや、それは兄貴達の顔色を見ながら育った、三男坊の性でしかない。その癖、内心では年中かっかっかしている。働くというのは家が豊かでなかったから。自慢にはなりません」

「じゃ、スーパーにいたのは長くはなかったんですね」

「ええ。二年と、ちょっと。とにかく、それ迄、和服の知識なんて、まるでありませんでしたしね。羽二重《はぶたえ》と縮緬の区別もできない。和服を着た若い女性は見るだけで気圧《けお》されるほどでね」

「つまり……先代は家の仕事に、白紙の状態である人を望んでいたのでしょう」

「おっしゃる通りです。仕事は出来ない方がいい。これからの時代、むしろそれは邪魔になる。刺繡の機械はどんどん改良されるから、それを扱う人はいくらでも集まる。僕の仕事はその人達を上手にまとめ、少しでも多く仕事を取って来て、その人達に与えることだと言うんです。最初聞いたとき、耳を疑いましたね。夢なんじゃないか。こんなうまい話があっていいのか、と。難しい仕事を新たに覚えるわけじゃない。今迄の地でやっていけそうだ」

「……奥さんは美人だし」

田毎は慎重に言葉を選んだ。隆司の頰に赤味が差した。

「そう、鶴子は四つ年上でした。僕は若いちゃらちゃらした女が嫌いですから、文字通り一目惚れしましてね。それからは、夢中で働きましたよ」

「……先代の作戦が当たったんですね。内の親父は最期迄、僕のことを心配して死んでいったが、あなたのところは正反対だった」

「ええ。その点、義父には恩返しができたと思っています。ただ……」

隆司は杯を空けた。隆司が酒好きでないのを知っていたが、かなり早い飲み方だった。

「今となってみると、多少でも仕事を覚えておいた方がよかったんじゃないか、と思うときがあるんです」

「……どうして」

「もし、僕独りになったとき、田毎さんみたいに食べていけませんよ」

田毎は笑った。

「まさか、若月さんは案外心配性なんですね」

「いや、これは真面目な話ですよ。万が一、鶴子がいなくなると、僕はその日から生きていけない」

そして、徳利を握り締めた。

「田毎さん、聞いて下さい。僕は六月の展示会のとき、田毎さんと昔のような付き合いがしたいと言ったけれど、鶴子と縒りを戻せと言った覚えはない」

言い終ると、隆司の頬から血の気がなくなった。田毎は思わず動かしていた箸《はし》を置いた。隆司がすがるように言った。

「田毎さん、お願いです。話を聞いて下さい」

「……僕はどこへも行きませんよ」

田毎は箸を取り直した。

「鶴子さんが、そう言ったんですか」

「いいえ。鶴子には今日、僕がここに来たことも秘密にしておいて下さい」

「……約束しましょう」

「鶴子ともう会わないことも?」

田毎はすぐに答えられなかった。鶴子が話したのでないとすると、あの日のことをどうして知ったのだろう。

「鶴子とは何もなかったと言うのですか」

「……いや」

「昔、あなた達が友達だったことは僕も知っています。今でも鶴子は田毎さんのことを忘れられないのでしょう。ちょっとしたことがきっかけで、鶴子がその気になっても不思議はない。しかし、昔とはわけが違います。今言ったように、僕は鶴子がいなければ何もできない人間です。お願いですから……」

田毎は手を振って隆司の言葉を遮《さえぎ》った。

「あなたが願うようなことじゃありません。悪いのは僕の方です。僕が渋っていたのは、もし、僕がそれを認めると、鶴子さんの立場が……」

「いや、鶴子には何も言いません。今迄のことは全部僕の胸に蔵《しま》ってしまいます。といって、度量が広い男だなどとは考えないで下さい。僕は鶴子にもっとひどい仕打ちをしたこともあった」

隆司はほっとしたように、田毎に酌をした。

「僕も反省しています。いつも、鶴子に対して、妻というより、最も有能な協力者として扱い、それを強要してきたようです。鶴子は本当はそれが淋しかったのに違いない。さっき、家を出るとき、久し振りに二人だけで旅行しようと鶴子に約束して来ました。今度の八日、相馬の寒磯の祭があるんです。鶴子は昔からそれを見たがっていました」

「それは……いい」

「前から、薄薄気付いてはいたんです。今年の夏、台所のごみの中に、真新しい湯呑みが捨てられているのを見付けたんです。おかしいなと見ると、小さく伊豆の洋洋荘の名が入っている。鶴子が女友達と行くと言い置いていったところは伊豆ではなく、鬼怒川でした」

「……」

「そんなことがあって、この連休に、卑怯なようですが興信所に頼んだのです。その、調査報告が、今日届いたんです。川奈温泉の東ホテル。調査員はその宿泊カードを見せてもらったそうです。矢張りそうか、と思ったものの、ちょっとその報告に辻褄《つじつま》の合わないところもある。しかし、そんなことを言ってはいられないので、直接ここへ来たのですよ。もっと、話が拗《こじ》れるかと覚悟をしていました。幸い、田毎さんは紳士で、ちゃんと筋を通してくれました。来てよかったと思っています」

安心したのか、酔いが来たようで隆司は饒舌《じょうぜつ》になった。

「もっと、悪い状態も考えていたんですよ。田毎さんは先代達の仲が順調なら、当然、鶴子の夫になっていた人。そりゃ、口惜しいが、仕方がないという気持もあります。でも、鶴子の相手が別の男だったとしたら……」

田毎の背筋が寒くなった。田毎は急いでポケットに手を入れ、今、郵便受けから取り出したばかりの茶封筒を隆司の前に置いた。

「全部、白状しますから、鶴子さんを宥《ゆる》してやって下さい。僕達が東ホテルにいた証拠です。鶴子さんが忘れ物をして、それがさっき届きました」

「拝見して、よろしいですか」

「どうぞ」

隆司はブレスレットを手に落とし、添えられている便箋を読み下した。

隆司はしばらく視線を宙に遊ばせていたが、ブレスレットを田毎の前に置いた。

「これは、矢張り、田毎さんから鶴子に返して下さい」

「……そうしましょう」

「封筒の方はお借りしてもいいですか」

「ご自由に」

隆司は封筒を内ポケットに入れた。

「じゃ、僕はこれで失礼します。いずれ、改めてお会いしましょう」

隆司は立ち上がった。足元が少しふらついていた。

これで、鶴子の本心が判った。潤子も仲間だったのだ。

潤子はスパイなどではなく、隆司を裏切る企みを持って、田毎のところへやって来たのだ。

楢崎《ならさき》は潤子が出した座蒲団《ざぶとん》に乗ろうとして身体の重心を取りそこね、後ろに尻餅をついた。

「大丈夫ですか」

潤子が楢崎の手を引いてやった。

「いや、お構いなく。最近、ときどきこうなります」

楢崎はどっこいしょと掛け声をしてから座蒲団に坐り、首に巻いてある風呂敷包みを外して呼吸を整えた。

「今日は蒲団だからよかった。この前なんかはホームの上でこれをやった。本当に良く生きてる」

田毎は煙草と灰皿を楢崎の前に押してやった。

「まあ、一服お付けなさい」

「いや、有難う。ご馳走《ちそう》になります。でも、田毎さんのところはエレベーターがあるから助かる」

「ないところもあるんですか」

「一軒、帯屋さんでね。そこもビルにして、階下を貸してるんだが、どういうわけかエレベーターが付いていない。それも、五階。五階ともなると、大旅行している気持になるね」

潤子が茶をいれて来た。濃い茶だった。二、三度来るうち、潤子は楢崎の好みを知ったようだ。楢崎はさもうまそうに茶をすすった。

田毎は棚から出来上がった三反の縫紋を下ろした。楢崎が新しく持って来た品は、二反が縫紋、一反が留袖のあしらいだった。

「楢崎さんのとこだけですね。忙しそうなのは」

と、田毎は言った。

「だって、今は時期じゃありませんか」

「時期でも、余所は皆さん閑ですよ」

「そうですってね。なんて、気取って言ってるわけじゃないが、実際、昨年までは、内だってここへ仕事を持って来るのは月に一度、あるかなしだった」

「そうですね」

「これには、種があるわけ」

「大宮じゃ、着物を着るのが流行《はや》ってるんですか」

「そうじゃなくって、これなんだよ」

楢崎はポケットから名刺を取り出した。見ると、「和服着付教室、和服コンサルタント」という肩書きが刷り込まれている。

「ほう……着付けも始めたんですか」

「そうなの。昨年の今頃でしたよ。どういう風の吹き廻しか、倅の奴、親父の仕事をやりたいなんて言い出してね」

「……そりゃ、結構じゃないですか」

「ただ、そう言えば結構ですよ。だが、私は奴と長い付き合いだ。奴は散散私の脛《すね》をかじっておきながら、私の商売を軽蔑してきたんです。へん、女相手の商売か、なんて言やがってね」

「息子さんは今迄、いい会社に勤めていたんでしょう」

「いいか悪いか判りゃしませんがね。ま、一応食べるだけのお給金は貰っていたようです。だから、伜の嫁はとても心配しましてね。あの人、会社で悪いことでもしたんじゃないか、って」

「そりゃ、奥さんの身になれば心配するでしょう」

「それで、奴によく訊くと、今、流行《はやり》の脱サラなんだとぬかす。野郎、前から流行を追い廻す質だった」

「でも、のんべんと人に使われているより、威勢がいいじゃありませんか」

「まあ、よく考えると、私もそう思ってね。しかし、現実の話が、私は更藤を退職して、その退職金で今の店を開いたわけだ。その頃はまだ、呉服の業界に元気があって、小さな店だけども、結構客の出入りがありましたよ。それが、こっちの身体が段段言うことをきかなくなるにつれて、商売が閑になる。最近じゃ、嬶あと食っていくのがやっとという有様。もっとも、仕事が忙しけりゃ、こっちの身体が参っちゃうから文句が言えない。私もホームの上で六方《ろっぽう》を踏むようじゃ、千秋楽も目の前。いつ店を畳んでも惜しくない覚悟をしているとき伜の奴が妙なことを言い出したんです」

「お父さんに楽をさせたかったんじゃないですか」

「違うね。その証拠に、こうしてまだ親をこき使ってる。ね、老夫婦がかすかすに食っているところへ、倅夫婦と孫が転がり込んで来たんじゃ、こりゃ一家共倒れ、首吊りものだ」

「でも、結局、息子さんに成算があったんでしょう」

「そう。最初はとにかく、奴のやることを見ていたね。すると、奴、集会場なんか借りて和服着付教室を開いた。手前《てめえ》でも碌に着られもしねえものを、ちゃんちゃらおかしいわいと言ってやると、自分独りで着物を着られない人間が呉服を買うかと。なるほど、こいつは理屈だ」

「そりゃそうでしょうね。煙草を吸わない人はパイプなど買わない」

「それに、今の若い娘は金を持ってるしね。その娘達に着物の着方を教えてやり、あら、お似合いです。でも、こっちをお召しになれば、もう一段と、なんて甘いことを言って着物を売るわけ。女相手の商売だと言いやがったのは、どこのどいつだと言いたくなるね」

「でも、目の付け処はいいですよ。今、繁昌しているのは、どれも若い娘向きの商売ばかりです」

「そうだってねえ。全く、今の男はだらしない」

「で、コンサルタントの方は?」

「これがまた大笑い。そうして集まって来た娘達に、着物の手入れや、しみ抜きのいろはなども教えるんですよ。そうしておいて、もし、お母様のお着物が汚れたままで蔵われていると大変です。折角の高価な絹物がどこへも着ていけなくなります、と驚かす。そのお母様だって、あんまり着物のことは知っちゃいない」

「まあ、その年代なら、そうでしょうね」

「着物が汚れたらクリーニング屋へ持ち込むお母様がほとんどだから。クリーニング屋の洗剤にぶち込まれて、機械でがらがらやられたら、色は褪《あ》せちゃうし箔は禿げちょろけちゃう」

「今の人は、もしそうなったら、クリーニング屋に文句を言いませんよ。これは不良品だ欠陥商品だと、呉服屋の方へどなり込んでいきます」

「そう、コンサルタントは、絹物はTシャツと違うんですということから教えて、これはしみ抜き屋へ、これは解いて洗張屋《あらいはりや》へ、これは仕立屋でお嬢様のサイズに直りますなどと指導すると、結構、仕事が出て来るもんですね」

「しかし……そういう相談なら、元は皆デパートや呉服屋の番頭がやっていたことじゃありませんか」

「その通り。私がいた更藤でもそうでしたね。でも、今はだめ。定年退職制がきちんとしてしまったから。売っている方だって、娘のお母様とどっこいどっこいですからね」

「相談にもならない」

「大体、高級な絹物は、いくらデパートでも、若い娘が相手じゃ買う気は起こりませんよ。だいぶ髪が白くなって、もっともらしい番頭が売場にいて色色相談に乗ってくれるから、客は財布の紐を緩める気にもなる」

「そうなった店員は片端から定年退職ですか」

「何か、相当やり方が間違ってるね。もっとも、そのお蔭で私は自分の店を開くことができた。自慢じゃないが、当時、更藤の特選呉服売場に来る客で、更藤の名じゃなくて、私のところに来る人がかなりいたわけで、その人達は私が店を開くと、もう更藤へは行かず、遠いのにわざわざ私の店にまで足を運んでくれたもんです」

「じゃあ、息子さんの大活躍で、楢崎さんのところはまた忙しくなるでしょうね」

「ああ、もう私は沢山ですがね。伜は縫紋なんかもどんどん取る気でいますよ。田毎さん、何か変った縫い方がありませんかね。伜はお茶の会にも出入りしていますから、いいとなれば流行らせますよ」

潤子が下を向いて笑っている。田毎が霧押えの縫紋があると言い出さないからだ。田毎には縫紋の流行など、真っ平だった。

楢崎は二服目の煙草に火を付けた。

「先日、更藤のパーティがありました。更藤の定年退職者が年一回集まるパーティなんですがね。縫紋で思い出したんだが、そこで田毎さん、あんたの名が出た」

「……私の?」

「ええ、宮入重雄。私の後輩で、もっとも、宮入はまだ退職者じゃない。世話役で出席していたんですがね」

「……はて、どこかで聞いた名だな」

「更藤の呉服加工部長の宮入」

「ははあ。その人なら、一度名刺を交換したことがあります」

「その宮入に訊かれてね。今、現役で縫紋の上手な職人さんはいないか、って。私はすぐ田毎さんを思い出した。田毎さんならまだ若いし縫箔の名人だ。若い熱心なお弟子さんもいて、ばりばり仕事をしている」

「ちと、誉め過ぎでしょう」

「まあ、いいや。そう言うと、宮入は田毎さんなら仕事の誘いを掛けたことがある、しかし、断られたと言いましたよ」

「そう、そんなことがありましたね」

「なぜ断わったんです。更藤に出入りしていれば、損はないでしょう」

「それは判っていますがね。確か宮入さんは、縫紋ぐらい、コンピューターを使えばわけはない、というようなことを言ったからです」

「……それは、宮入の方が悪い」

楢崎は憤慨したようだった。

「全く、今の若い者は、平気で職人衆を傷付けるようなことを言う」

「宮入さんは若くは見えませんでしたがね」

「私の目から見れば、小僧です。そのときも言ってやったんですよ。現在、どこでも急速に職人が減っている。今、その人達を確保しておかないと、近い将来、憂き目を見ることになるのはお前達だぞ、ってね」

「そのときは、機械が何でもやってくれる、こう言われたでしょう」

「おっしゃる通り。情けないね。ちっとも先きのことが見えていない。世間が少しずつ豊かになれば、当然、本物の価値が一般の人にも見えてくる。それを買うことができれば、金メッキの色より純金の品が欲しくなるのは人情だ」

「そんな時代になりますか」

「なるね。今だって、着物を着るなら絹がいい。ウールなんかじゃ嫌だという人が多い。だから、ウール着尺はすっかりすたれてしまったでしょう」

「……確かに、贅沢にはなりました」

「時代が進めば、きっと大勢の人が本物を欲しがるときがやって来る。手で作ったものの価値が尊ばれる時代がくる。そのとき、それを作る職人がいないじゃどうするんだね。そんなところはどんどん取り残され、すぐ潰れてしまうね。更藤は江戸時代からの老舗《しにせ》だ、職人が頭を下げてでも仕事を貰いに来る。そんなことでは、更藤もまず、だめだねと言ってやった」

「しかし、実際の話、職人では食っていけませんよ」

「その面倒を見てやるのが、一流の商人だろうね」

「楢崎さんのような人が取締役にでもなっていれば、助かる職人は大勢いましたのにね」

「私が平で終ったのは、お客と職人の両方に親切だったからさ」

「……全く涙が出そうになります」

「長生きはするものだね。こうして伜の使い走りしながら、色色なところに出入りして話を聞いてみると、ずいぶん勉強になります。それが面白くて止められないんだが、見ていると、まず駄目なのが丸孫だ」

「丸孫なんて言うと叱られますよ。今は装芸です」

「そう、装芸。安っぽい社名にしたもんだな。それでも判る。今の若い子は、江戸時代がSFの世界みたいに見えるらしくて、更藤などの方が却って新鮮に思うらしい」

「装芸がどうして駄目なんですか」

「加工部に大勢出入りしている職人を締め出して、その仕事を何軒かの悉皆屋に代行させようとしている」

「……それが本当なら、締め出された職人は大変でしょう」

「そうさ、だから、丸孫は駄目なんだ」

電話が鳴った。

潤子が出て、すぐ挨拶をした。知っている人らしいのだが、潤子はすぐ、今日留守なんです、と言って受話器を置いた。

それがきっかけで、楢崎は持って来た仕事が出来そうな日を訊いた。楢崎は品物を風呂敷に包み、来たときのように背負うと、やっこらしょと言って立ち上がった。

楢崎をエレベーターの下まで送って、潤子が戻って来た。

「若月服飾にはあんなお客さん一人も来ません。お客が来ても用事だけ済ませてさっさと帰って行きます。案外、旦那のところはコミュニケーションが多いんですね」

「そんなことはいいが、今の電話は誰からだった?」

「若月服飾の、隆司先生からです」

「誰に掛かって来た?」

「旦那に、です」

「僕はここにいるじゃないか」

「済みません。言うのが遅くなりましたが、旦那、今日はいないことにしていてください」

言うことはわけがわからないが、きっぱりした言い方だった。最初からその心構えでいたようだ。

「おかしいな。今迄、隆司さんが電話を掛けて来たことは一度もなかった」

「……そうなんですか」

「もしかして、鶴子先生を探しているのかも知れない」

「……どうして？」

「この前も妙なことを言っていたじゃないか。僕と鶴子先生が川奈温泉に泊っていた夢を見たとか――だが、あれは夢じゃなかったんだな」

「……はい」

「今日も鶴子先生は僕と会っている、ということか」

潤子は口を閉じ、不安な表情になった。

「潤子が鶴子先生を庇《かば》うなら、僕が隆司さんの味方になってやる。隆司さんに僕はずっと家で仕事をして、一歩も外には出ないと、電話で教えてやる」

「待って、旦那」

「僕はそうしなければならない。隆司さんに、僕はこれからは鶴子先生とは会わないと約束したんだ」

「……それは、いつ？」

「連休が終った次の日だから、三、四日前だ。隆司さんが都のむらへ来て、話をした」

「えっ……」

「驚くところをみると、こんなに早く隆司さんが気付くとは思っていなかったんだな。だが、大丈夫。僕が悪者になって置いた。鶴子先生と洋洋荘や東ホテルへ行ったのは僕だと白状した」

「……旦那、恩に着ます。本当のことを言うと、鶴子先生は今夜も旦那と一緒にいることになっているんです。ですから、隆司先生には電話をしないで」

「それはできない」

「だって、今迄、協力してくれたんじゃありませんか」

「でも、今夜だけはだめだ。鶴子先生は隆司さんと寒磯の夜祭を見に行く約束になっているんじゃないか。今日は二人にとって、大切な日なんだ」

「……困ったわ」

「それでなくとも、不愉快だ。一体、これは何の真似だ」

「旦那、これが最後のお願いです。わたしの言うことを聞いて」

潤子は泣声になった。

「じゃ、一体、俺はどこにいることになっているんだ」

「………」

「言わなければ隆司さんに連絡する」

「……言います。小石川《こいしかわ》にあるプリマホテルです」

「じゃ、隆司さんは？」

「これから、相馬に出掛けるそうです」

「一応、向こうで落ち合うことになっているが、鶴子先生は何か理由を付けて行かない気なのだな」

「……多分」

「最後に、鶴子先生の相手の男は誰なんだ？」

「……装芸の横倉です」

「横倉――」

田毎は潤子の言葉が信じられなかった。

「何だって、あんな男と」

「色色、事情があるんです」

「それはそうだろう。しかし、鶴子のやっていることは納得できない」

隆司と鶴子が築きあげたもの――それには田毎も無関係ではない、それが、今にも崩れてしまう感じだった。それを、どうしても阻止したかった。隆司の悩みを聞いていただけ、その思いが強かった。

田毎は時計を見た。四時だった。田毎は潤子に言った。

「さあ、今日は早仕舞いにしよう。潤子、帰ってもいいよ」

「旦那、怒ってらっしゃるんですか」

「別に愉快じゃないがね。といって、怒っているわけでもない」

「早く仕舞って、どうするんですか」

「気晴らしに散歩でもする。小石川の方面にね」

「それは、困ります」

「潤子が心配することはない。ちょっと話してくるだけだ。それに、鶴子先生に返さなきゃならないものがある」

それでも、潤子はぐずぐずしていた。田毎は潤子をせき立てた。

潤子が帰って行った後、田毎は服を着替え、東ホテルから送られてきたブレスレットをポケットに入れて家を出た。


プリマホテルは小石川、春日《かすが》通りを右に入ったところに建っている。五階建ての真新しい小ぢんまりとしたホテルだった。

フロントで名を言うと、お連れ様は少し前にお着きですと、部屋の番号を教えてくれた。

部屋は五階だった。田毎はエレベーターで五階に登り、その部屋をノックした。

ドアの向こうに人が立ち寄る気配がした。田毎はミラーの前に立った。ドアの掛け金を外す音が聞こえ、すぐ、ドアが細目に開いた。

「田毎さん……」

ドアの向こうで、鶴子が棒立ちになっていた。

「お邪魔かね。でも、田毎の名で予約してある部屋だから、当人が来てもおかしくはないと思ってね」

部屋には誰もいなかった。窓際のテーブルの上に、書類が散乱している。何か仕事をしていたようだ。

鶴子はドアを閉めると、すぐ掛け金を下ろした。太い丸襟の狐色のセーターに同じ色のベスト。鶴子は焦げ茶色の細かなチェックのパンツをはいていた。

「驚いたわ」

鶴子はちょっと笑ってみせた。だが、顔は蒼白だった。

「今、潤子が全部白状したよ。横倉氏は？」

「……六時に階下のレストランで」

言い終って、鶴子は唇を嚙《か》んだ。

「じゃ、まだ間がある。いや、長居はしません。ただ、ちょっと話がしたくなった、というのは、四日ばかり前、隆司さんが僕のところへ来てね。一緒に一杯飲ったんだ。それによると、僕は君と色色なところで落ち合っているらしい」

「……お掛けになって」

鶴子はドレッサーの前の椅子を動かした。

「いや、すぐ帰るからこのままでいい。——まあ、浮き名儲《もう》けと言うけれど、僕としては甚だ詰まらない話さ」

「………」

「隆司さんは僕が今、黙って手を引けば、君にも何も言わない。今日、僕と会ったことも鶴子には内証にしておいてくれと言った。実に理解があるじゃないか。それで、僕としても、もう鶴子先生とは会いません、と約束したんだが、それがついこの間さ。それで、今日がこれでは、実に僕が困るんだ」

「……わたしの悪いのは判っています。でも、今日だけは目をつむって下さい」

「今日だからいけないと言うんだ。今日、君は隆司さんと相馬へ行く約束がある。僕はそれを心配して態態《わざわざ》ここまで来たんだ。嫌われるのは承知でね」

「あなたに心配してもらうほど、わたしは値打のある女じゃありません」

「それだけ言われれば引き退《さが》るしかないね。君だって子供じゃない。自分の責任を知って行動しているんだからね。余計なお節介だったわけか。——しかし、潤子までがぐるだったとは思わなかった」

「ぐる……」

「言葉が悪ければ、手下か。君の目にかなっただけはある。潤子は有能な手下だった」

田毎は立ったまま、煙草に火を付けた。一口吸ってから、煙草を親指の先きで持った。いつでも、鶴子に投げ付けられるようにだ。

「遅蒔《ま》きながら、やっと、君達の正体が判ったよ」

「………」

「全く、口は綺麗なことを言う。昔ながらの腕を持っていて、嫌な仕事は断わり、納得のいく仕事しかしない僕が羨ましい、そう言ったね。なに、羨ましいものか。本当に、世間知らずの僕みたいなのが、一番欺し易かったわけだ」

「欺す、だなんて――」

「じゃ、利用したのか。実にうまい考えだ。潤子を僕のところに来させ、僕が連休にはただ家でくすぶって誰とも会わないでいるのを確かめて、うまく切り回したんだ」

「………」

「よほど、ばかに見えたんだろう。ミシンでなら、一時間もあれば仕上げてしまう仕事を何日も掛かってこねくり廻している、吹けば飛ぶような縫箔屋だものな。若月服飾の奥様とは偉い違いだ。だが、しがない職人だって変に利用されたら一人前に腹も立つ。今でこそ着物の九割以上はミシン刺繡だが、前にはあんなもの、縫いにも見えなかったじゃないか。それを、君達はデパートや問屋の番頭に取り入って、値段のことしか頭にないような、わけのわからない大勢の客を相手に商売を始めた。そのため、どのくらいの職人が廃業したり転業したりしたか知れない。君達はそれを充分承知した上で、自分だけ肥ればいいと思った」

「……ひどいわ」

「僕の言っていることが、違うかね。違うなら、そう言えばいい」

鶴子の表情が泣きだしそうだった。だが、田毎は最後まで言わなければ、帰ることができなかった。

「それはいいのさ。商売は自由競争だ。弱い者や、時流に付いていけない者が負けるのは当然だ。それを悪いと言っているんじゃない。問題は、その後だ。君はそうやって集めた金で、旨《うま》いものを食べ、ゴルフだカラオケだと、楽しいことにはこと欠かない。恐ろしいもんだね。快楽の味をしめると止めどがなくなる」

「そんな……」

「じゃ、横倉と寝たことがなかったかね」

「それは……」

「楽しんだだろう。しかし、度重なれば、隆司さんに気付かれると思い、そのときの用意に宿泊先きでは僕の名を使うことにしたんだ。隆司さんが打ち明けたよ。鶴子の相手が田毎さんなら、口惜しいが、今迄のことは目を瞑《つむ》ることができる、と。君はちゃんとそれを知っていて、僕の名を使って横倉と密会を重ねた。横倉も名誉なことではないから、そんなときには本名を使いたがらなかったんだろう。君はそこに付け入り、ちょっと作為的な田毎敏という名を思い付いたような振りをして、横倉に使わせたんだ」

指が熱くなった。煙草を持っていることを忘れていた。田毎は灰皿に煙草を潰した。

「一方、潤子を僕の家によこし、僕の心を探らせたね。この世間知らずの職人が、まだ昔の鶴子を忘れ切ったわけではない。それを知ると、たとえ無断で名を使われていたのが露見しても、何か言い訳をすれば済むと思い、平気で僕の名を利用するようになった」

「……わたしだって同じです。昔の気持は、まだ続いています」

「つい、その言葉を真に受けた。潤子が予《あらかじ》め匂わせていたからだ。潤子はさりげなく、鶴子先生は今でも旦那のことを忘れていないと、墨打ちをしたことがあった」

鶴子は何か言おうとした。だが、適切な言葉が浮ばないようだった。鶴子は田毎の手を握った。何かにすがらなければならないのだ。

「田毎さん、お願い」

「何だね」

「わたしを……抱いて下さい」

「いや、だめだ。隆司さんと約束したと言ったじゃないか」

鶴子の喉が激しく動いて、嗚咽《おえつ》が洩れた。

田毎は努めて荒荒しく振舞うつもりだったが、泣きだした鶴子を見ると、説明のつかない哀れを感じた。

「口惜しかったが、隆司さんには、うまく言っておいた」

と、田毎は言った。

「潤子が見た夢の通りを話した。僕が君を洋洋荘や東ホテルに連れ出したと白状した。隆司さんは全部、僕の言うことを信用して帰っていった」

「……有難う。今は、それしか言えませんけど」

「僕はそれほどばかじゃないから、潤子にヒントを与えられなくても、隆司さんにそう言っていたと思う」

「田毎さんの気持はよく判ります。でも、わたしの本心は、もう、田毎さんには判ってもらえないでしょうね」

そのとき、電話が鳴った。

鶴子はナイトテーブルに近寄って、受話器を取ると、張り詰めたような声ではいはい、はいはい、と続けて返事をし、最後に、

「じゃ、十分ぐらいね」

と、念を押すように言って、受話器を戻した。

「わたし、行かなければならないの」

鶴子はドレッサーに写った自分の姿を見た。

「矢張り、横倉と会うのか」

「ええ」

鶴子はバッグを取り上げ、ちょっと中を覗《のぞ》いてから音を立てて閉めた。

「忘れるところだった」

田毎はポケットから、東ホテルから届いたブレスレットを取り出した。

「何ですか、これ」

「君が東ホテルで忘れていったものさ。先日、書留で東ホテルから、僕のところへ届いた」

「……そうだったの」

「これを隆司さんにも見せた。それで、僕の話に信憑性《しんぴょうせい》が強くなったんだと思う」

鶴子はブレスレットを受け取り、じつにゆっくりとバッグの中に落とした。

顔を上げると、鶴子の表情が違っていた。何かを決意したような、険しい目を田毎に向けた。

「わたし、これから、相馬へ行くことにします」

声までが何か殺気立っている。

意外な翻意だったが、理由はともかく、田毎は安心した。

「そうかい。そりゃよかった」

「それで、お願いがあります」

「そのためなら、何でも聞く」

「ロビーに横倉が待っていると思います。このホテルは狭いから、横倉に見られずに外へ出ることはできないと思うんです」

「……それで？」

「フロントにキイを返し、勘定を支払うまで傍にいて下さい。それから、わたしの腕を取ってホテルの外に出、タクシーを拾うんです」

「もし、横倉が声を掛けたら？」

「無視して下さい。わたしもそうしますから」

「それでも、しつこかったら……喧嘩になってもいいか」

「横倉はそんな相手じゃありませんよ。本当は気が小さいんです」

鶴子の言った通りだった。横倉は腕を組んで外に出て行く二人を見送ったが、薄く口を開けているだけで、ソファから立とうともしなかった。


次の月曜日、仕事場に来た潤子に田毎はその横倉の顔をわざとおどけて作って見せたが、潤子はにこりともしなかった。

「それで、鶴子先生は相馬へ行ったんですか」

「そうさ。僕が上野迄送ってやった。列車に乗り込むところまで見て来た」

「……それで、鶴子先生はいいのかしら」

「君はおかしなことを言うね。鶴子先生が横倉といた方がいいと言うのかい」

潤子は口を閉じた。だが、見ているとあまり針が進まない。

「鶴子先生が横倉と別れれば、田毎の幽霊なんかも消えてしまうさ。もう、いいんじゃないか」

潤子が聞き咎《とが》めるように言った。

「いいって、何がですか」

「潤子の仕事も終ったし、もう、内へ来る用もないんだろう」

「わたしはまだ自分で仕事ができるまでになっていません。これからも、旦那のところで沢山勉強しなければ」

「しかし、本当は、鶴子先生に頼まれて、僕のところへ来たんだろう」

「……鶴子先生に、何をですか」

「勿論、潤子が見た夢の話を僕に伝えるためさ」

「あれは、わたしの一存でしたことです。鶴子先生には関係ありません」

「しかし……今度のことは、前から君と鶴子先生との間で、細かな計画が立てられていた。僕のところへ送り込まれてきた君は——」

潤子は全部を言わせなかった。

「旦那は、とんでもない間違いをしているんだわ」

「どう違う?」

「全部です。……鶴子先生はきっと、旦那に説明する閑がなかったのね」

「鶴子の言い分は、ほとんど聞いていない」

「そうでしょうね。第一、旦那は最初からあれは鶴子先生の浮気だと思っていますが、それからして違います。鶴子先生は仕事をしていたんですよ」

田毎は急に悪い予感に襲われた。潤子は強い口調でまくし立てた。

今年の春、横倉が装芸の加工部の部長に就任した。それからしばらくして、横倉は加工部の業務が煩雑《はんざつ》なことに気付いて、改善する準備を進め始めた。装芸の加工部は、案外、昔からの仕来たりが守られている。他の問屋に較べ、そこに出入りする加工業者がかなり多い。

染屋、仕立屋、縫箔屋、帯屋、上絵屋などで、その他に、悉皆屋もかなり入っている。これは、自分では仕事をしないで、安い下職に仕事を廻す。あるいは、ほとんど仕事がない。でも、月のうち、一度か二度は来て、なにかしら品物を持って行くという業者が、かなりある。さしずめ、田毎もまだ装芸に出入りをしていたら、その口だった。

横倉は部長になってそれを見ていて、それを無駄だと思った。もっと、部をすっきりさせれば、部の業績がもっとあがるはずだ。

田毎は言った。

「しかし……無駄は、仕方がないんじゃないか。そういう人達は、恐らく丸孫時代からの出入りだろう。今、あまり会社のためにならなくても、昔はうんと丸孫を儲けさせてやったことがあったんだ」

「横倉にそんな考えは通用しませんよ。横倉だけじゃなく、今の人なら、全部そうです。昔は昔、今は今です」

「すると、横倉はそうした小さな職人を、切り捨てようと思ったんだな」

「ええ。横倉の考えでは職人を全部閉め出し、二、三軒の悉皆屋さんだけを残そうとしたらしいんです。そうすると、細かな事務の手続や何かが、全部悉皆屋さんに受け持たすことができるでしょう。本当は一軒なら世話はないんですけれど、それでは競争相手がなくなるわ」

「そりゃ……装芸にはいいに違いないが、閉め出された人達はどうなるんだ。明日から失業じゃないか」

「でも、それを乱暴とだけは言えないんです。旦那なら、最近の業界を見ていて、それが判ると思います」

「うん、判らないことはない」

苦しさのあまり、京都では代議士を巻き込む汚職まで起こっている。だと言って、弱い職人を苛めることはないと思う。

「旦那……昔から職人は優遇されたことがあると思いますか」

「ない。不景気だといつも、決まって、真っ先に皺《しわ》寄せが来る」

「今度もそうなんですよ。でも幸い、若月服飾は装芸に出入りする業者の中でも大手です。横倉もそう簡単に閉め出すことはできません。反対に、横倉は悉皆の方もやらないか、という話を持ち掛けてきたんです」

「つまり、染や仕立ての仕事も請ける。それを、下に廻す」

「ええ」

「逆に、若月では仕事が増えるわけか。その代わり、敵も多く作るな」

「そんなことを言っている場合じゃないでしょう」

「そうだな。確かにそうだ。内みたいなところは、閉め出されても、僕一人が我慢すりゃそれで済む。若月のところは、大勢人を使っているから、我慢で済む問題じゃない」

「横倉が鶴子先生にそんなことを言って来たのには、もう一つ裏があったんです。横倉の下心は若月服飾に悉皆の権利を渡す、その代わり、鶴子先生と一夜だけ話がしたい」

「そりゃ……ひどいじゃないか」

「ひどすぎます」

「そんなことは……頭にちょん髷《まげ》を乗せていた時代の話だ」

田毎は唇を噛んだ。

「……ちっとも知らなかった。すると、僕は鶴子にひどいことを言ったようだ」

「どんなことを？」

「お金に不自由がなくなったものだから、快楽の味を覚えたんだろう、と言ってしまった」

「……ひどい。それじゃ、鶴子先生があんまり可哀相じゃありませんか。それでなくとも、どんなに辛い思いをして来たか判らないのに」

潤子の目に涙が光っていた。

「しかし……変だぞ。鶴子先生はそんなにしてまで若月服飾のことを考えていたのに、なぜ急に横倉を袖にしたんだ。しかも、これ見よがしにだ」

「ええ。今迄の苦労が何もなくなってしまうわ。あんな人ですから、横倉はすぐ今日にでも若月服飾の仕事を止めてしまいます」

「……覚悟の上、だったのかな」

「どう覚悟したというんですか。このままだと、会社は倒産してしまうわ」

「もし隆司さんが横倉のことを知ったら……」

潤子は嶮《けわ》しい目で田毎を見詰めた。

「鶴子先生と横倉のことを知っているのは、わたしと旦那しかいません。旦那は隆司先生とお会いになったとき、横倉のことを隆司先生に洩らしたりしなかったでしょうね」

「勿論だ。潤子の夢のままを言った。隆司さんは納得したようだった。たまたま、その日、東ホテルから僕のところへ、忘れ物が届いていた。それも、運が良かった。僕はその封筒を隆司さんに見せてやった」

「……忘れ物って、何だったんですか」

「金のブレスレットだった。そのとき、それを鶴子先生に返したばかりだ」

「鶴子先生に？」

「ああ。僕の手から渡してくれと、隆司さんに言われてね」

潤子の顔色が変った。気色《けしき》ばんで田毎を睨《にら》み付けた。

「それだわ……きっと」

「それ？」

「旦那はものが判らなすぎるわ。鶴子先生は東ホテルへ着物で行ったんですよ。着物にブレスレットなんか着けやしません」

「……だって、潤子だって、六月の展示会のとき、太い腕輪をしていた」

「あれは、和装でも洋装でもないから、いいんです。鶴子先生の場合は違います。先生は正しく着物を着る人です。ですから、着物のときは、腕時計も嫌います」

「……そう言えば、よく、懐中時計を見ていた」

「鶴子先生は何も言わなかったんですか。旦那からブレスレットを渡されて」

「……すると、あのブレスレットは誰のものだったんだ？」

「決まっているじゃありませんか。鶴子先生のでなければ、横倉のものでしょう」

「……男がブレスレットを？」

「だから、旦那はものが判らなすぎるんです。昔から、男だってブレスレットぐらい着けます」

「……そうだったのか」

田毎は頭を強く叩かれたような気がした。

「東ホテルで、横倉は田毎敏と言っていたんですよ。その横倉の忘れ物が旦那のところへ送られて来て、旦那が鶴子先生に返した、じゃおかしいでしょう」

「そうか……それで、隆司さんは鶴子の本当の相手は僕じゃないと気付いてしまったんだな」

「隆司先生は仕事のことで、しょっちゅう横倉と会っています。一目でそれが横倉のものだと判ったんだわ」

「だとすると……」

潤子は絶望的な表情になった。

「鶴子先生も、ですよ。先生もそれを見て、すぐそのいきさつを悟ったに違いないわ」

「それで、急に隆司さんのところへ行く気になったのか」

「……もう駄目だわ。わたし達、嘘の上に嘘を塗り固めてしまって」

「駄目なことなんかない。鶴子先生も隆司さんも話し合えば——いや、潤子、若月に電話をしてみろ」

電話には潤子の元の同僚が出たようだった。潤子はしばらくして受話器を置いたが、その表情は暗くなるばかりだった。

鶴子は今朝《けさ》十時前に独りで若月服飾へ帰って来た。見慣れないサングラスを掛けていたが、左目が充血し隈《くま》が出来ているのが判った。鶴子はそのままスーツケースを持ち、行先きも言わず家を出て行ったという。

「ひどいわ。鶴子先生を撲るだなんて」

と潤子が言った。

「このまま、別れてしまうのかしら」

「いや……隆司さんは鶴子先生がいなければ生きていけないと言っていた。鶴子先生がいなければ、会社だって保つまい」

「じゃ、どうしてひどいことをするのよ」

「……男は女のことになると、古くなるんだ。石斧を持って、動物を追い掛けていたころと同じになってしまうものなんだ」

田毎には全てが古臭いものに見えて来た。今迄、若月の会社は次次と新しい試みを行ない、どんなに大きく思えたか判らない。それが、結局は鶴子がいなければやっていけない程度のもので、その内情もいつまでたっても進歩のない、古めかしい人間関係で支配されているのだ。

昼過ぎ鶴子から電話が掛かった。

潤子が電話に出て、精《くわ》しい事情を訊きたい様子だったが、鶴子はすぐ田毎を呼んだらしい。潤子はもの足らなそうに受話器を田毎に渡した。

「色色ご心配を掛けました」

鶴子の声は落着いていた。

「相馬はどうだった」

田毎は然《さ》り気なく訊いた。鶴子は笑い声で答えた。

「もう、散散。最初から感情的になってしまって。初めて主人に手を上げられたわ」

「おい、大丈夫か」

「ええ、痛かっただけ。何ともありません。でも、怒るのも無理ないわね。わたし達、主人を欺すことばかり考えてきたのだから」

「隆司さんは宥してくれなかったのか」

「当たり前でしょう。宥すなんてそんなの男じゃないわ。でも、さっぱりしました。わたし、お互いの気持が落着くまで、若月を出ることにしました」

「そりゃ……今どこにいる？」

「今はお友達のところ。でも、長くはいられませんから、アパートを探して借りるつもりです」

「なるべく早く、若月に帰った方がいいんじゃないかな」

「多分、それはなさそうね」

「じゃ、若月服飾が困るだろう」

「もう、どうでもいいの。あんなもの、ない方がさばさばする」

「……そりゃ、短気すぎる」

「わたし、改めて出直します」

出直すような年ではない、と言い掛けて、田毎は口を閉じた。

「いつでも相談相手になる。困ったときは連絡しなさい」

「有難う。潤ちゃんの方は、一生懸命やっているようね」

「ああ、上達も早い」

「それはよかった。当分、会えないから、わたしが元気だと伝えて下さい」

「代わろうか」

「いえ、もう、いいわ」

鶴子が涙声になったのが判った。それを気付かれたくなかったのだろう。鶴子はそう言って電話を切った。

「君に、よろしくと言っていた」

と、田毎は潤子に言った。潤子はしばらくうつむいていたが、

「旦那、桜井さんの叙勲祝賀パーティの日のこと、覚えていらっしゃるわね」

と、小声で言った。

「覚えている……」

「あのころ、鶴子先生は土壇場《どたんば》に立たされていたんです。横倉は若月服飾が悉皆屋として今迄の二倍も三倍もの仕事を請け負うか、それとも装芸から手を引くかと鶴子先生を攻めたてたんです。それで、先生は一晩だけなら、という覚悟を決めました」

田毎は桜井の祝賀パーティの受付で、居丈高《いたけだか》になっていた横倉を鶴子が取り成していたところを思い出した。

「しかし……鶴子と横倉とは、一度だけじゃなかったんだろう」

「ええ、横倉は最初から、そのつもりだったんです。でも、鶴子先生はもうそれを断わることができませんでした。横倉から会っていたことを隆司先生に言ってしまうと脅かされて……」

「鶴子はそういうことも君に教えたのか」

「すっかり。鶴子先生は他に相談する相手がいませんでした」

「鶴子は君に軽蔑されている、と話していたことがあった」

潤子は首を振った。

「いいえ、鶴子先生は今でも尊敬しています。ただ、いつも形《な》り振り構わず仕事を集めることだけしか考えていない先生を見ているとき、旦那の超越した態度を知ってショックを受けたんです。鶴子先生を軽蔑して出たんじゃないんです」

「……鶴子の仕事は、ただ忙しいだけじゃなかったんだな」

「旦那は人を使うということが、どんなものか知りませんからね」

「弟子は黙っていても向こうから来るもんだと思っていた。だが、噂で知らないことはない。若月なんかは、地方の学校を小まめに廻って、若い子を集めているんだってね」

「その子には支度金を出したり、個室を与えたり。そうしないと、誰も仕事をする人が来ないんです。本当は旦那みたいに、好きな仕事を好きなだけやって暮らしていけるのなら、それが一番いいんじゃありません?」

若月を破綻に追い詰めたものの正体が見えてきた。

それは、時の流れだったのではないか。

若月達は一見、うまく時流に乗って順調にいっているように見えた。だが、それは波頭に乗っているサーフィンボードのように、実は危険な状態だった。

そう考えると、反対に、波に沈む心配もなく、時流に乗っていたのは、田毎の方だったような気がしてならない。

田毎はただ、親から譲り受けた財産と技術を守っているだけでよかった。自分は昔ながらの職人だ、縫箔屋でございと言い、機械の仕事を軽蔑し、職人の頑固さを鼻に掛けた嫌な奴だった。

時代の変化で、仕事がどんどん機械に食われていき、仕事が少なくなっていっても、基本的な生活が安定しているので、安閑《あんかん》としていられた。時の流れを斜《はす》に見て、悪いのは時代の方だ、職人は世間知らずでいいんだと、若月達の競争を冷笑してきた。見方によっては、それが職人の意地、伝統技術者の誇りと恰好よく写るかも知れないが、偽らない気持を言えば、忙しいのが嫌いなのだ。冒険や競争を、避けて通りたいのだ。難しい言葉は使う必要はない。ただの、怠け者だった。

若月達は修羅場にいたのだ。そして、時代の流れを、もろ、全部引っ被ってしまったのだ。生存競争の常とはいいながら、鶴子がなぜそれに巻き込まれたのか、と叫びたくなるほどだった。そんな犠牲を払って、欲しかったのは何なのだ。結局は金――それでは、あまりにも悲しすぎる。

夕方、都のむらに行くと、隆司が来ていた。

「田毎さん、僕の負けです」

と、隆司は言った。

「もっとも、田毎さんの方じゃ、僕なんかと最初から勝負する気なんかなかったと思いますが、僕の方はそうじゃなかった。縫箔屋の婿になったとき、よし、若月を日本で一番大きな店にしてやろう、と意気込んだわけです」

「そこを先代に見込まれたんじゃありませんか」

「しかし……今思うと、若月がこれまでになったのは僕の力なんかじゃない。ほとんどが女房の力だと思い知らされましてね」

「いや、そんなことはない。あなたが実によく働いて来たことは見てきましたよ」

「でも……いや、ご免なさい。田毎さんに謝りに来たんです。つい、ぐちが先きになってしまって」

「謝るって、何を？」

「この前、ここに来て、鶴子から手を引いてくれ、と言ったことです」

「………」

「全く、阿呆でした。鶴子の話をつい鵜呑みにしてしまって。さぞ、気分を悪くしたでしょう」

「そのことなら、気にしちゃいません。頼まれたとはいいながら、あなたに嘘を吐いたんですから、謝るとすれば僕の方です」

「潤子はともかく、田毎さんも仲間だと知ったときは、正直、むらむらしました。怒りじゃなくて、嫉妬の方でしたがね」

「そう、僕も嘘が下手でね。いらないブレスレットなんか取り出して、あなたに尻尾をつかまれた。同じ嘘ならもっと上手に使っていたら、こんなことにはならなかったでしょうね」

「ええ。そういうことになると、女は男より一段上ですよ。潤子にしても一人前の嘘を言う」

「それで、横倉は何か言って来ましたか」

「まだ、何も。それが今日、横倉の上司から電話がありましてね。どうやら、横倉は馘《くび》になるらしい」

「……ほう」

「それもいいが、鶴子が悪女のような言い方をするんです。横倉は鶴子に唆《そそのか》されて会社に多大の損害を掛けた、と言うんです」

「今年の春、お宅はひどく忙しかったそうですね」

「そう、その仕事なんです。その商品は少しも売れなかったそうです。装芸じゃ、横倉と鶴子を相手に訴訟を起こすというところまで考えているらしい」

「……それは横倉一人の問題じゃないですか。お宅を巻き込むなんて、そりゃひどいでしょう」

「まあ、どうなるかこれからの問題ですがね。田毎さんもよく知っているでしょう。会社とごたごたを起こすと、いつも泣寝入りするのは僕達です」

「昔はそうだった」

「今だって同じです」

「じゃ、これからどうするんです」

「装芸の仕事ができなくなると、まず、今迄の仕事の三分の二はなくなってしまう計算になります。社員を整理するか、とか色色考えたんですが、いっそ、綺麗に廃業した方がいいんじゃないか、と」

「……そりゃ、勿体《もったい》ない」

「考えると、つくづく空《むな》しくてね。幸い、家は場所がいい。ここの都のむらみたいな店が僕は好きなんですが、全くの素人でしょう。できるとすれば、せいぜいラーメン屋かな」

隆司は淋しそうに店の中を見廻した。

田毎は家に戻り、仕事から帰って来た加代子にこのことを話すと、加代子は目を大きくして、

「じゃ、あの若月服飾もとうとう潰れるわけね」

と、大きな声を出した。

「ねえ、いい気味じゃない」

「……どうして」

「あら嫌だ。昔、若月に散散仕事を荒されたのを忘れたの」

「昔は昔、今は今」

「そんなことを言ってるからあなたはだめなのよ。そうした怨みはいつまでも覚えていて、若月が潰れたら赤飯でも炊いて祝うぐらいの気持がないから、大金持になれないのよ」

松本屋はいつもの紺の木綿の風呂敷に、反物でなく、四角なものを包んでいた。解くと和菓子の箱で、松本屋はそれを田毎の前に押して頭を下げた。

「一体、何ですか」

田毎は最初、その意味がよく判らなかった。

「長いことお付き合い願いましたけど、とうとう上がりです」

「………」

「廃業したんです。今日はそのご挨拶に、田毎さんのとこへ来たわけ」

「しかし、この前来たときそんな話は聞きませんでしたよ」

と、田毎は言った。

「そう、あの日、田毎さんのところから帰ると、嬶あの奴、ふらふらになってまして、病院で診てもらうと、血圧が異常に高い。放って置くと脳溢血《のういっけつ》を起こすと威かされました」

「……そりゃ、大変だ」

「当分は安静にしろ、って。それはいいんだけど、水仕事がだめ。今迄、水もとが嬶あの仕事でね」

「それが、できない？」

「自分じゃ、やるって言ってますが、それが元で早死にでもさせてご覧なさい。私が子供達から怨まれます。そうでなくっても、今迄、嬶あを使い過ぎるって、あまりいい評判じゃない」

「昔はどこでも、それが普通でしたね」

「そう。なに、嬶あがいなくたって、私独りでやっていけないことはない。だが、よく考えると、ばかばかしい」

「そりゃ、そうでしょうねえ。長い間、夫婦でやって来たんですから」

「それで、廃《や》めることにしちゃったんです。独りだから、気が揃ってよかった」

「松本屋さんのところは、広い張場《はりば》があるんでしょう」

「それそれ。よく考えてみると、今迄あの張場を使っていられたのが奇跡だったたね。地主が欲のない、いい人だったから。ところが、その地主が死んでから、息子の代になると、早速、追い立てが始まったんです」

「最近、土地の話になると、誰の目の色も変りますね」

「実に、さもしい時代になったね。それもこれもで、結局、白旗を立てちゃった。取手《とりで》の先きの、何とかってところに代地をもらって都落ちです。あんまり遠くで、地名を覚える気もしねえ」

「……取手のあたりなら、今じゃ通勤圏内ですよ」

「だって、田毎さん。取手と言や、松戸《まつど》の先きだ。松戸だって千住《せんじゅ》の先きだ」

三代も旧市内に住んでいると、外国へでも島流しにあうような気持なのだ。

「ねえ、田毎さん、聞いて下さいよ」

松本屋は坐り直して両膝を揃えた。

「一体、どんな悪いことでもしたというんでしょうかね。私んとこでは三代染屋をやって今日迄きたんです。まず、人並みに働いてね。この前も田毎さんと話が出たんだが、嘘みたいに忙しい時代もあった。十時、十一時の夜業はざらで、それから外に出て自転車で職方廻り。染屋が毎週日曜日を休みにするようになったのは、つい最近のような気がするね」

「そうですよ。でも、時季によっちゃ、日曜も大体仕事でしたね」

「そのころを考えると、サラリーマンの倍は働いてきたでしょう。じゃ、サラリーマンより倍貯金ができたかというと、まるで反対なの。何ですか、これは？」

「勘定合わず、銭も足らず」

「中学を出るとすぐ仕事を覚えてさ、サラリーマンの定年より長く働いてさ、病気が出てさ、動けなくなってさ、さて、仕事を止めてみると、退職金もない、年金もない、貯金もない。おかしくって、屁も出ねえ。挙句の果ては、名も知らねえような遠くへ所払い。三代も住んできた土地から出て行けじゃ、まるで昔の流罪と同じだ」

「悪いことでもしたというなら、文句もないんですがね」

「というんで、多分、深き怨みを残しける、で死ぬでしょうね。死んだら化けて出てやりたいんだが、一体どこへ出たらいいのか。この頃はそればっかり考えていますよ」

行きどころのない幽霊——松本屋が化けた姿を想像するだけでもおかしいが、当人は真面目にそう考えているようだった。

「話は違うけれど、更藤にいた楢崎さん。あの人も店を閉めたんですってね」

「……本当ですか」

「知らないんですか」

「だって、楢崎さんが来たのは、ついこの前でしたよ。そのときは和服コンサルタントだなんて言って、もう一旗揚げる元気でしたがね」

「それは私も知ってます。息子さんが今迄の会社を辞めて、親父さんの仕事に手を出したんでしょう。ところが、その息子さんがちょっと走りすぎましてね」

「ほう……」

「若いから外見を立派にさせたかったんでしょう。今迄の店をビルに建て替えようとして、土地を形《かた》にして銀行から借金をしたのを親父さんが知らなかったとか知ってたとか言って、大もめにもめた結果、ああいう頑固な人ですから、急に廃業することにしちゃったそうです」

「……そうだったんですか」

「楢崎さんもさっぱりしたでしょう。私も決心が付いてからは、どうしてもっと早く楽をしなかったんだろうと思うようになりました」

「すると、松本屋さんも楢崎さんも辞めてしまうんですか……淋しくなるな」

松本屋はあたりを見廻して言った。

「潤ちゃん、て言いましたね。今日も見えませんね。また、旅行ですか」

「……いや、元いた会社の手伝いに行っているんですよ」

「元の会社、というと？」

「若月服飾にいた子なんです」

「若月なら知ってますよ。矢張り、大手は忙しいんだ」

「そうじゃなくて、若月は倒産したんです。潤子はその残務整理に行っているんです」

「……あの若月服飾が倒産ですか」

「ええ。判らないもんでしょう」

「なるほどねえ……あの大手でもそうなんですか」

松本屋は溜息を吐いた。あの若月さえ時代に乗れなかったのを知って、自分の廃業にいっそ諦めがついたようだった。

「でも、向こうの仕事が済めば、潤ちゃんは帰って来るんでしょう」

「……さあ、それはどうかな」

潤子が希望しても、田毎は弟子を断わる気だった。

少し前までは腕に職と言い、何でもいい技術を身に着けることが生きて行く上で大きな武器となった。それが、見事にひっくり返った。なまじの腕があると、素早い変身ができなくなる。腕が逆にその者の足を引っ張りかねないのだ。

その事情を知らないと、技術の消滅だけを惜しがったりするが、よく考えると、そんなものは一本の針よりも軽い。

十二月に入ってから、鶴子から差出人の住所のない封書が届いた。

何からお詫《わ》びしていいか判りません。

何しろ、今年の春、受勲パーティで久し振りにお会いしてから、田毎さんには迷惑の掛け通しでした。一つ一つ謝ったり言い訳をしていたら、いつこの手紙が終るか判りません。勝手なようですが、今度の我儘《わがまま》も宥して下さい。

若月はやっていけなくなりましたが、隆司のことですから、すぐ、別の仕事を始めて成功すると思います。多分、隆司は養子の立場でなかったら、もっと早くあの仕事に見限《みき》りを付けていたに違いありません。

最初、揺れ始めた自分の気持を知ったときには、不安と恐ろしさで、夜もよく寝られませんでした。それまで、長いこと隆司がわたしのことを仕事の上での有力な協力者としてしか扱って来なかったからだ、と考えたのはどうやら一時逃れの理屈にすぎませんでした。

恐らく、直接感じ取ることができないような深いところからの呼び掛けで、初めて女の素晴らしさを知ってしまったのです。わたしは横倉から生きている美しさや輝かしさを教えられたとき、少女が初めてきらびやかな舞台を見せられたのと同じ目眩《めま》いさえ感じました。

無論、ただ溺れていただけではありません。この空恐ろしい酔いから逃れたい。同じ酔いなら、仕事の利害を離れた人となら、罪悪感だけは薄らぐかも知れない。そう思って、一度は田毎さんにすがったことがありましたけれど、二度の求めには応じてくれなかった。無理はありませんね。あなたには奥さんや息子さんがいるんですもの。

でも、横倉は違います。横倉はわたしのために、家庭や社会の信用まで捨ててしまいました。

田毎さんが持っていたブレスレットから、最後には隆司に横倉とのことが知れてしまい――そのとき、まだわたしは着飾った生活に未練が残っていたようです。隆司に全てを詫びようと思って寒磯に出掛けて行きましたが、少し隆司を甘く見すぎていたようです。隆司にひどく叩かれたとき、もう、全部が吹っ切れた感じで、わたしはそのまま横倉の懐に飛び込んでいきました。

最初は死ぬほど嫌だった横倉でしたのに、どうしてなのか自分でもさっぱり判りません。そんな理由はどうでもよく、今、安心して甘えられる人は横倉しかこの世にいません。いい年をしてまだ甘える気なのかと言われるに違いないわね。でも、他人が何と思おうが、それでも、いいんです。

今はただ充実した日日を送っています。

でも、それは長くはないでしょう。

横倉は背任横領の疑いで出頭を命じられていますが、わたしと離れることができないと言い、二人でじっと警察の目を逃れています。もし、それが知れれば何もかもなくなるわけですから。

その前に、田毎さんには済まないと思い、この手紙を書くことにしました。

あなたがいつも願っていたわたしの幸せが、こんな形に進むとは、わたしも予想することができませんでした。

女って不思議ですね。それでも後悔したことがないし、これから先きの不安も感じないんです。

今のような情けの深みを知らないまま年を取って死んでしまうなんて、今のわたしには考えられません。

そういうわけですから、わたしのような身勝手な女のことは、これからどんなことがあっても気になさらないで下さい。

最後に、この手紙は誰にも見られないよう、田毎さんの手で破り捨てて下さいね。

次の朝、五時過ぎ。

まだ、暗い上野《うえの》公園、博物館の裏手を、一人の男が夢遊病者のように歩いているのを、警《けい》邏《ら》中の警察官が見付けた。酔っ払いにしては態度がおかしい。声を掛けると男は警察官の足元にうずくまって泣き出した。

死に切れなかった横倉の自供で、近くに駐車してあった乗用車の中から、鶴子の死体が発見された。警察官は横倉をその場で緊急逮捕した。

鶴子は運転席の隣に倒れ、横倉のネクタイを首に巻かれて絞殺されていた。死亡は発見の直前で女の涙がまだ乾いていなかった。

その警察官の話によると、鶴子の死顔は驚くほど穏やかで、横倉が整えたためか、衣服の乱れもなかった。ただ、女は鶴の色留袖を死装束にしていて、その裾に飛ぶ一羽の銀糸の羽が、ドアに挟まれて強く折り曲げられていた、という。

解説

末國善己

　泡坂妻夫《あわさかつまお》には、ミステリ作家、和服に家紋を描き入れる紋章上絵師《もんしょううわえし》、創作奇術に貢献した人物に贈られる第二回石田《いしだ》天海《てんかい》賞を受賞し、本名を冠した厚川昌男《あつかわまさお》賞も作られた奇術師という三つの顔があった。そのため、『11枚のとらんぷ』や〈曾《そ》我《が》佳城《かじょう》〉シリーズのように奇術とミステリを融合した作品から、紋章上絵師を主人公にして第一〇三回直木賞を受賞した「蔭桔梗」など、職人の世界を題材にした人情ものまで、幅広い作品を発表している。

　職人を主人公にした四作からなる本書『折鶴』も、伝統工芸と人情、男女の恋愛を軸にした作品といえる。ただ、ミステリ的な仕掛けも施されており、一冊で著者の三つの顔がすべて楽しめるといっても過言ではない。収録された四編のうち、「忍火《しのび》山《やま》恋唄」が第九十五回直木賞の候補、「折鶴」が第九十八回直木賞の候補になり、作品集としての『折鶴』が第十六回泉鏡花《いずみきょうか》文学賞を受賞（吉本《よしもと》ばなな「ムーンライト・シャドウ」と同時受賞）しているので、まさに珠玉の短編集といえるだろう。泉鏡花文学賞の選考委員だった吉行淳之介《よしゆきじゅんのすけ》は、受賞理由を「古い世界を描いていて、古式でもなく、文章、構成もしっかりしている」(「北國新聞」一九八八年十月二十一日)としていた。

巻頭の「忍火山恋唄」は、新内《しんない》が重要な役割を果たしている。

新内は、太夫《たゆう》が三味線《しゃみせん》を弾きながら詞章《ししょう》を語る浄瑠璃《じょうるり》の流派である。元文《げんぶん》四(一七三九)年、心中物で人気だった豊後節《ぶんごぶし》が風俗を乱すとして江戸で全面的に禁止されたため、常磐津《ときわづ》、清元《きよもと》、富本《とみもと》などに分派した。その一つが新内で、初期は歌舞伎《かぶき》の伴奏に使われることもあったが、早くに役者や人形を用いない素《す》浄瑠璃に変わり、主旋律にあたる本手《ほんて》と、音の合間に高音を添える上調子《うわぢょうし》を担当する二人が、花街などを歩きながら新内を語る流しという独自の形式も生んだ。新内には、滑稽《こっけい》が中心のチャリ物もあるが、有名なのは遊里《ゆうり》や心中を題材にした端物《はもの》で、登場人物が心情を切々と訴えるクドキでの扇情的な曲調も特色となっている。

染物組合支部の親睦旅行で金沢《かなざわ》に向かった脇田《わきた》は、途中で伊勢崎《いせさき》の古本屋・充棟堂《じゆうとうどう》に立ち寄り、主人が大学生の頃に経験した怪談を聞いた。東北の温泉宿に二人連れの新内屋が現れ、部屋の外で語り始めた。曲が終わると新内屋は三味線を弾きながら宿の玄関を背にして真っすぐ向こうへ遠ざかっていったが、翌朝、外を見ると玄関前は崖で道は横にあるだけだった。

冒頭に魅惑的な謎が置かれているだけに、ミステリ好きならこの怪談がどのように解かれるかに興味が行くだろう。だが物語は、思わぬ展開になっていく。

脇田は、金沢で新内が得意な芸者・彩子《あやこ》と出会った。親睦旅行から戻った脇田が新内の師匠・都外《つげ》太夫に彩子の話をしたところ、雪《ゆき》太夫の関係者ではないかという。都外太夫によると、名人の五條《ごじょう》師匠に認められた隅《すみ》太夫は五條の名跡《みょうせき》を継ぐことになっていたが、戦後に窮乏し金沢の主計町《かずえまち》にある旅館・黄鶴楼《こうかくろう》の若旦那の後援を受けた。隅太夫に新内を学び雪太夫の名をもらった若旦那は、五條の名跡も譲られていた。都外太夫は、五條の名が欲しいという人物が現れたので、筋を通すために故人になった雪太夫の縁者を捜していたのである。

都外太夫の意向を伝えるため再び金沢へ向かい彩子と再会した脇田は、雪太夫が新内に熱中するあまり家と妻を捨て、青森の浅虫《あさむし》温泉で出会った彩子を弟子にした過去があると知る。二人で温泉街を転々とするなかで彩子が雪太夫に抱く師弟愛を超えた感情と、いつしか彩子に会って話を聞くのを楽しみにするようになった脇田の心情という、時代を超えた男女の関係性が物語を牽引《けんいん》するところは、新内の世界の見立てになっている。

彩子が語る雪太夫の思い出が佳境に入ると、困窮して黄鶴楼を頼った雪太夫が、彼の元妻と結婚し旅館を継いだ洋次郎《ようじろう》に追い払われるも、その洋次郎が殺されたことが分かってくる。疑惑の目が向けられた雪太夫は、黄鶴楼の前で流しをしていて、三味線の音が遠ざかり橋を渡って川のせせらぎに掻き消えた時に、洋次郎の悲鳴が聞こえたという鉄壁のアリバイがあった。

洋次郎殺しの詳細を知った脇田は、充棟堂で聞いた怪談を思い出し、二つの謎が論理的に説明できるトリックを提示する。さらに著者は、伏線を丁寧《ていねい》に回収しながら衝撃的な着地点を作っているので驚きも大きい。直木賞の選考委員だった池波正太郎《いけなみしょうたろう》は、選評で「三味線の幽霊流し（中略）のトリックで終ったなら、私はもっと強く、この小説を推したろう。だが、その後」の展開に「よって、たちまちに興が殺《そ》がれた」（「オール讀物」一九八六年十月号）と批判している。ただ連続するどんでん返しは、新内の名人が生活できなくなる時代の変化が、そのまま素人《しろうと》探偵の活躍を許さない散文的な状況と重ねられており、池波がいうほど悪くない。

「駈落」は、早稲田《わせだ》で悉皆屋《しっかいや》を営む征次《せいじ》の半生が描かれる。

征次を育ててくれた鈴木精一郎《すずきせいいちろう》が急逝した。店のある白山《はくさん》に駆けつけた征次は、取り引き先などを知らない精一郎の家族に代わり連絡を受け持った。征次は斎場で周囲の目を惹くほど「凄い美人」の由利《ゆり》と再会、かつて二人に何があったのかが物語の鍵になる。

信州《しんしゅう》の農家の次男だった征次は、高校を卒業すると上京し、精一郎が営む悉皆屋「更精《さらせい》」で働き始めた。悉皆は、「全部、すべて」を意味しており、悉皆屋は着物の相談であれば何でも受ける仕事で、現在では着物クリニックなどの名称の方が一般的かもしれない。働き始めた頃は朝一番に起きて店の掃除をし、自転車で得意先や職人の家を廻り夜十時を過ぎなければ自分の時間にならず、休みは一日と十五日だけの征次は、昔の丁稚《でっち》奉公《ほうこう》のような待遇だったといえる。

無口で人付き合いが苦手な征次は、地道な職人仕事はこなしたが、一人前になるには営業の能力も必要だった。精一郎は、そんな征次の性格を見抜いていて苦手な得意先回りを命じたが、特に頭を悩ませたのが料亭、芸者置屋、待合がある三業地《さんぎょうち》（花街）へ行くことだった。更精から自転車で行ける範囲には、現在も続く神楽坂《かぐらざか》、大塚《おおつか》、征次が若い頃は存在していた白山などの三業地があった。着物文化は衰退していたので花街の女性たちは更精の上得意客だったが、征次は敬遠していた。ただ唯一の例外で心の疼《うず》きを感じたのが、芸妓の由利だった。

精一郎に酷使されていると感じ、転職を考えたこともある征次は、二十三の時、大学に進み大会社へ就職した同級生と自分を比べ、器用な先輩が悉皆屋に見切りをつけて辞めたこともあり、将来に焦りと不安を感じていた。今の仕事は自分にあっているのか、今の仕事を続けて生活できるのかに迷う征次の姿は、仕事をしている読者は思わず共感してしまうのではないか。

悩める征次に、好きになれない相手に落籍《ひ》かされる話が持ち上がっているので、自分と逃げて欲しいと由利が声をかけてくる展開は、文楽《ぶんらく》や歌舞伎の心中物のようなテイストがある。

征次と由利の駈落の結末には驚かされるが、あるトリックが仕掛けられていた事実も判明するので、さらに衝撃を受けるはずだ。ただラストには救いがあるので、読後感は悪くない。

本書の収録作には着物関連の仕事が多いが、「角館《かくのだて》にて」は例外で主人公は漆工《しっこう》である。盛岡《もりおか》に住む無名の漆工だった敏之《としゆき》は、同じ高校出身でデパートの文化催事課の課長になっていた工藤《くどう》の依頼で東京で初の個展を開き、続いてカルチャースクールの講師も頼まれた。そこで敏之は、ルチル電気の社長の娘でエリート社員を婿《むこ》に迎えた裕子《ゆうこ》と出会う。工藤の勧めで東京への転居を考えていた敏之の前に現れた裕子は、盛岡へ連れて行って欲しいと言う。

物語は、角館へ向かい仲人《なこうど》として結婚式に参列する敏之と裕子のエピソードと、二人の過去を描くパートをカットバックしながら進む。この複雑な構成と周到に配置された伏線は、何気ない日常の中にある危機を浮かび上がらせていくので、秀逸な心理サスペンスとなっている。

「折鶴」は、怪奇幻想小説やミステリではお馴染《なじ》みのドッペルゲンガーを題材にしている。刺繍《ししゅう》と金銀の箔《はく》で布地に文様を表す縫箔屋《ぬいはくや》の田毎《たごと》は、仕事を頼まれた松本屋《まつもとや》から、先週、池袋《いけぶくろ》のデパートにいたか尋ねられた。松本屋はデパートで田毎を呼び出すアナウンスを聞いたというが、身に覚えがない。田毎が同じような話を聞いたのは二度目で、父親が残してくれたビルの一階に入居している小料理屋の女将《おかみ》が、伊豆《いず》の民宿の宿帳に田毎の名前があったというのだが、その民宿にも行ったことはなかった。名前を騙《かた》っている人物は自分の名刺を持っていると考えた田毎は、名刺を確認していて長く組合長を勤めた桜井《さくらい》の叙勲《じょくん》パーティを思い出す。

田毎はパーティ会場で、かつて恋人だった鶴子《つるこ》と再会した。田毎と鶴子の父親は仲が良かったが、鶴子の父が装芸《そうげい》の仕事から田毎の父を追い出す形になったため決別、田毎と鶴子の結婚も流れた。その後、鶴子は有能な婿を迎え家業の若月《わかつき》服飾は発展した。同じ席で若月服飾の若手社員・潤子《じゅんこ》と知り合った田毎は、縫箔に興味を持った潤子を預かることになる。

田毎が弟子を取るつもりはない、いま縫箔を学んでも食べていけないと考えながらも、熱心に話を聞く潤子を指導する中盤は、縫箔の技法が活写されていて伝統工芸の奥深さに触れられる。それだけでなく、パーティで再会した田毎と鶴子の恋が再燃するのか、そこに潤子がどのように絡むのかも重要になるだけに恋愛小説としても楽しめる。やがて潤子が川奈《かわな》温泉のホテルに田毎と鶴子が一緒にいた夢を見て、当のホテルから田毎宛に忘れ物だというブレスレットが送られてくると、再びもう一人の田毎の謎がクローズアップされていく。いるはずのない場所にもう一人の田毎が現れる、怪談めいた謎が解かれるにつれ浮かび上がってくるのは、縫箔を始めとする着物業界が置かれた厳しい現状である。

縫箔は、戦後、ミシン刺繡の出現で大混乱した。当初はミシン刺繡の仕上がりは悪く、手縫いの技が勝っていたが、技術が進み素人《しろうと》ではミシン刺繡と手縫いとの区別がつかないまでになり、質が高い手縫いにこだわる着物の目利きも減っていた。追い討ちをかけるように、装芸のような大手の企業は、出入りしている多くの職人に小口の仕事を割り振るのでは効率が悪くコストもかかるので、職人を閉め出して細かな手続きは悉皆屋に任せる改革を進めていた事実も判明する。職人の技術が最優先されていた伝統工芸の世界に押し寄せる、経済効率優先と拝金主義の波が、ドッペルゲンガーの謎を解く手掛かりになる「折鶴」。本作は、優れた本格ミステリであると同時に、伝統工芸の世界に生きた著者だからこそ書けた、優れた社会派ミステリにもなっている。伝統工芸の先行き不透明さを暗示するかのようなラストは、せつなさも募る。

社会派ミステリには、時代とともに古びていく作品もある。だが「折鶴」で描かれた縫箔屋の苦境は、時間の経過を感じさせない。それは、〝機械化が進んで技術のある職人を育てるのが難しい。あらゆる業界で下請けの再編が進み、力のない下請けはコスト削減を求める元請けの意向に逆らえず原材料などの価格上昇分を製品に十分反映できない。人工知能（ＡＩ）の発達で人間でなければできない仕事の方が少なくなる時代が近くなる〟など、本作が現代の状況を先取りしていたからである。

その意味で、広く使われているワープロや表計算のアプリに、文章の執筆、要約、レイアウトの作成などをサポートするＡＩ機能が搭載され、働き方が変わるともされる年に、本書が改めて文庫化された意義は大きい。本書に登場する職人たちは、激変する時代にどのように対処すべきか迷っているが、その苦悩を自分の問題として捉える読者も少なくないはずだ。

初出一覧

「忍火山恋唄」　「別冊文藝春秋」一七五号　一九八六年四月
「駈落」　「別冊文藝春秋」一七三号　一九八五年十月
「角館にて」　「オール讀物」一九八六年一月号
「折鶴」　「別冊文藝春秋」一八一号　一九八七年十月

『折鶴』は一九八八年、文藝春秋より刊行されました。なお、本書は一九九一年刊の文春文庫版を底本としました。

現在からすれば穏当を欠く表現がありますが、著者が他界して久しく、作品内容の時代背景を鑑みて、原文のまま収録しました。

検印
廃止

著者紹介　1933年東京生まれ。奇術師として69年に石田天海賞を受賞。75年「DL2号機事件」で第1回幻影城新人賞佳作入選。78年『乱れからくり』で第31回日本推理作家協会賞、88年『折鶴』で第16回泉鏡花賞、90年『蔭桔梗』で第103回直木賞を受賞。2009年没。

折鶴

2023年5月12日　初版

著者　泡《あわ》坂《さか》妻《つま》夫《お》

発行所（株）東京創元社
代表者　渋谷健太郎

162-0814/東京都新宿区新小川町1-5
電話　03·3268·8231-営業部
　　　03·3268·8204-編集部
URL　http://www.tsogen.co.jp
晩印刷・本間製本

乱丁・落丁本は、ご面倒ですが小社までご送付ください。送料小社負担にてお取替えいたします。

ISBN978-4-488-40227-3　C0193

2001年度〈このミス〉第1位の奇術ミステリ

The Magician Detective: The Complete Stories of Kajo Soga

◆Tsumao Awasaka

奇術探偵 曾我佳城全集 上

泡坂妻夫

創元推理文庫

◆

若くして引退した、美貌の奇術師・曾我佳城。

普段は物静かな彼女は、不可思議な事件に遭遇した途端、奇術の種明かしをするかのごとく、鮮やかに謎を解く名探偵となる。

殺人事件の被害者が死の間際、天井にトランプを貼りつけた理由を解き明かす「天井のとらんぷ」。

本物の銃を使用する奇術中、弾丸が掏り替えられた事件の謎を追う「消える銃弾」など、珠玉の11編を収録する。


収録作品＝天井のとらんぷ，シンブルの味，空中朝顔，白いハンカチーフ，バースデイロープ，ビルチューブ，消える銃弾，カップと玉，石になった人形，七羽の銀鳩，剣の舞

〈ヨギ ガンジー〉シリーズを含む、名品13編

Farewell Performance by Tsumao Awasaka

泡坂妻夫
引退公演
手妻篇

泡坂妻夫／新保博久 編

創元推理文庫

◆

ミステリ界の魔術師・泡坂妻夫。その最後の贈り物である作品集を、二分冊に文庫化してお届けする。『手妻篇』には、辛辣な料理評論家を巡る事件の謎を解く「カルダモンの匂い」ほか、ヨーガの達人にして謎の名探偵・ヨギ ガンジーが活躍するミステリシリーズや、酔象《すいぞう》将棋の名人戦が行われた宿で殺人が起こる、新たに発見された短編「酔象秘曲」など、名品13編を収録。巻末に著作リストを付した。

収録作品＝【ヨギ ガンジー】カルダモンの匂い，
未確認歩行原人，ヨギ ガンジー、最後の妖術
【幕間】酔象秘曲，月の絵，聖なる河，絶滅，流行
【奇術】魔法文字，ジャンピング ダイヤ，しくじりマジシャン，
真似マジシャン　【戯曲】交霊会の夜